クリスタル・ヴァリーに降りそそぐ灰

今村友紀

河出書房新社

クリスタル・ヴァリーに降りそそぐ灰

1

もの凄い稲光がピッカーンと差し込んできて一瞬視界が真っ白になって徐々に教室のなかが見えるようになってくる頃にどごごごごごごごごと地響きがするのでみんなは大パニックになって席を立ってわあああきゃあああと叫んで私はただ口をあんぐりと開けてぼーっと机に座ってふと手元を見るとたったいま計算を終えたばかりの積分計算の数式を私は右手に握ったシャープペンシルを無意識のうちにデタラメに動かしてぐちゃぐちゃぐちゃと塗りつぶしていてそれを止めることもできない。みんなは悲鳴を上げたり教室から出ていったり携帯をいじりだしたりして「落ち着いて座りなさいみなさんほら席につきなさい」と教壇で叫ぶ色褪《いろあ》せたピンクのスーツを着たダサい女教師の声は生徒たちの絶叫の渦に巻き込まれて曖昧《あいまい》な存在感しか示すことがない。でもそれから何分か経つと教室内は今度は急に静かになってあちこちで女の子たちがすすり泣く声が聞こえてくる——私は泣いているわけでもなく笑っているわけでも怒っているわけでもなくただ無表情のままシャープペンシルをランダムに動かしてそのペン先が描き出すいびつなアクションペインティング――アクションドローイング?――を眺め続けている。

隣に座っているモトコが「ねぇいまの何かの爆発だよねそうだよね」と小声で話しかけてくるが私はそれにどう返事をしたら良いか分からずただ首を振るだけなのにモトコは自分に言い聞かせるように「でもあれはかなり遠かったうん遠かっただって光と音がかなりずれてたからあでもひょっとしたらあれは雷なだけかもね」とぶつぶつ話し続けて彼女のボブと細い眉に私は目をやってそれからまた手元の〝アクションドローイング〟を観察し続けるがその間ずっとモトコは何かを呟き続けている。

先生は一度教室を出て行ってそれからまた戻ってきて何度も溜め息をついて首を振るばかりでその間も生徒たちはひそひそと断続的に声を出したりえっくえっくと泣いたりぼーっとしたりしていて何だか活力がない――いつもは元気でときに女らしくないくらい活発なクラスメイトたちが突然こんなにしおれてしまうと私は何だか妙な気分になる。私は窓際の前から三番目の席であの光をものすごく強烈に浴びたけど別に体に異変があるわけじゃないしやっぱりあの光は雷か何かなんじゃないかしらと思いつつまた一方ではあんな轟《ごう》音《おん》を聞いたのは生まれて初めてのことだし先生の狼狽《うろた》えている様子からして何か尋常じゃないことが起きたような気もする。

窓の外はいつの間にか濃い雲に覆われていて——あの発光があったときにはすっかり晴れ渡っていたのに——五時間目が始まったばかりなのにまるでもう日が沈んだみたいな雰囲気を感じてしまう。私の右手はもはや私の意志と関係のないところで自動的な運動を続けていてシャープペンシルの芯は既に尽きてつるつるになるまで塗りたくられたその黒鉛のヴェールを今度はアルミ製の突端がガリガリと削り始めている。

前の席にいるカナが振り返って私の自動的に動く右手を見て「何してんのちょっと」と言って両手で私の右手を摑んで机の上からそれを降ろそうとするが私の右手はそれに抗うのでカナは苦笑して「ちょっとマユミってば何してんのねえ」と言って両手をどけ私の右手は再びシャープペンシルでノートを削りやがてページが破れてその下のページが現れてきてその表面をも削り始める。いつもカナは私にとことん付き合ってくれるし学校帰りによく喫茶店や本屋に寄ったりしてそこで色々な話を——だいたいは音楽とか映画とかの話だけど——するのに教室内に漂う重苦しい空気のせいでそれ以上私に絡むのをやめて前に向き直ってしまい彼女のポニーテールがぷるんと揺れる。

シャープペンシルがノートを削るカリカリという音は教室内に響いていてよく聞こえるしこんな風に勝手に右手が動くのはかなり変なことであることは分かるけどいまのところ

カナ以外にはクラスの誰もそのことを問題にはしていないみたいだ。この図式はひょっとしたらものすごくおかしなものかも知れない——四十人の女の子と一人の女教師が入った妙に静かな教室で一人の生徒がカリカリとシャープペンシルでノートを削り続けている風景。シュール過ぎる。それでもみんなが私のこのおかしな右手に構わないでいるのはおそらく私たちがさっき浴びた光と轟音がこの右手よりも遥かに強烈で徹底的にシュールだったからだろう。携帯電話をいじっていた誰かが電波こない電波こないと話し始めて少しずつ教室内に話し声が満ち始め私も左手でポケットから携帯電話を出すがやはり電波は届いていない。先生は普段だったら少しでも生徒が携帯電話を出そうものならさっさとしまいなさいとヒステリックに叫ぶはずなのに何も言わずに黙って溜め息をついている——先生にとってもきっとさっきの閃光《せんこう》と轟音は予想外の出来事なのだ——いやあんなものが予想外でない人なんてそもそもいるわけがないだろうけど。

いきなり教室の照明がプツンと音を立てて消えたのでワァッとみんなが声を上げるがすぐに静まりかえって今度はひっくひっくとすすり泣く声があちこちから届き始める。ひっくひっくうっずすっすうわーんすっすひっくと誰かが泣いていて私の右手はもうそのキャンパスノートのページを全部ぐしゃぐしゃにして貫通してしまっていてシャープペンシルの突端は背表紙の厚紙をごしごしと音を立てながら攻撃している。空が暗く教室も暗いので辺りの様子がよく分からず目が慣れるまで私たちは薄暗がりのなかでもぞもぞと動き押し黙りたまにすすり泣くことしかできない。窓の外をぼんやりと見やるがさっきあれだけの光と音があったのにこの三階の窓から見渡す限りにおいては煙や炎を認めることはできずビルが爆破されたとか爆弾が落とされたとかどうやらそういうことではないような気がするけれどもこの窓は南を向いているので反対側はどうか分からない。廊下に出てみれば北側の様子は分かるけれどもモトコが言っていたように確かにあんなに光と音に時間差があるならばたとえ爆弾が落とされたのだとしても着弾地点はかなり遠くにあることになるだろう。私の右手はもはや木製の机の表面を削り始めているが私には私の右手を止めることができずまたクラスの誰も私のこのおかしな挙動に構っていない。

教室の前のドアをがらがらと開けて入ってきた人がいてみんなびくんと驚くがよく見るとそれは禿頭《はげあたま》の教頭で数学の先生に何やら耳打ちをすると先生は頷いてみんなに向かって話し始める。

「停電したのでこれから一度グラウンドに移動します。復旧したらまた戻ってきますが電気が直らなければ下校になるかも知れません。荷物をまとめて廊下に整列して下さい」

生徒たちはぞろぞろと立ち上がり鞄をがさごそし始め私の右手はシャープペンシルを握ったまま虚空《こくう》に何かを描いていて私はその右手を左手でがっちりと摑んで指先からシャー

プペンシルを抜き取りそれをバーバパパのペンケースにしまってそれを机の横にかけていた学生鞄に放り込む。私の右手はまだくねくねと動いていて横を通り過ぎるクラスメイトにぱちぱちとぶつかってしまい彼女らはみな私の方を見て首を傾げる。教室内には徐々に小さな笑い声が聞こえるようになるがそれはおそらくこの避難訓練のような団体行動によって私たちに不思議な連帯感が生まれたからだろうと私は思う——予測不可能な事態に巻き込まれたときには何の行動指針も与えられないまま宙ぶらりんにされるよりは適当でもいいから目的があった方がいいのかも知れない。

鞄を肩に掛けて廊下に並んでいると隣にカナがやってきて「ねぇマユミ何かこれ怖くない？」と漏らすので私は頷いて「うんなんか暗いね」と答えカナが「さっきの爆弾落ちたっぽくない？　絶対そうだよ普通じゃないもん」と言い私は「そうだったら怖いね」と口にしてカナはうーんと唸る。列が動き出すので前を見ると廊下の奥には他のクラスの生徒たちもぞろぞろと並んでいるのが見えわずかなざわめきと共にその一群は階段を降りてすたすたと玄関を出る。私とカナがローファーに履き替えていると遠くの方からぶおおおおんと音がしたような気がして「何だろう？」と私は言うがカナは首を傾げて「へっ？」と間抜けな声を出すので私はそれが気のせいだったのだと自分に言い聞かせてカナと一緒に外に出る。

グラウンドには既にたくさんの生徒や先生たちが集まっている。私とカナは普段だったらあれこれおしゃべりするのだけれど今日に限ってはなかなか適当な会話の内容が思いつかず黙ってグラウンドの様子を眺めている。校舎の後ろに見えるビルの照明もすべて消えていて渋谷一帯が停電しているのだろうと私が考えていると横から隣のクラスのアヤノがやってきて「さっきの爆発だよね?」と話しかけてきて私たちは揃って頷いてカナが「うん絶対そう爆発だよ」と答え私は曖昧に頷いて「でもその割に煙とか見えなかったけど」と言う。カナが「でもあの音はやっぱ……」と言いかけると同時にアヤノが「かなり遠くの方から……」と言いかけ二人の声がぶつかってごちゃごちゃするので二人とも同時に言葉を止めてしまう。

点呼が終わると教頭がグラウンドに並んだ生徒たちの前に立って拡声器で「みなさん」と声をかける。「はい静かにして下さい。点呼が終わりましたが全員揃っているようで安心しました。ええ今回の停電なんですがどうやらこの辺り一帯が停電になっているようで携帯電話も通じません。授業ができないので本来なら下校にしてもいいのですが……」と話したところで少し間を置いて「ひょっとすると電車が止まっていて帰れない人もいるかも知れないのでしばらく学校内で待機することにしたいと思います。いま加藤先生が渋谷駅の方に様子を見に行きました。戻ってこられるまで少しこの場で待って下さい」

私たちはその場で五分十分と加藤先生が戻ってくるのを待ち続けるが暗い雲が立ちこめてきてから気温はだいぶ下がって九月上旬の残暑はどこかへ行ってしまったように感じられそれどころか微妙に肌寒いような気さえしてきて私は身震いをするがそれは実際には肌寒さのせいではなく体の奥深くからわき上がってくる言いようのない不安によるものかも知れない——その証拠に首筋や背中には大量の汗をかいている。ぶぅぅぅぅんと音が聞こえて私は空を仰ぐがそこにあるのは灰色の雲ばかりでおしゃべりをしているアヤノとカナの方に「ねぇいま何か聞こえたよね？」と尋ねるとカナは首を傾げアヤノは首を振りカナのこげ茶色のポニーテールとアヤノの真っ黒なミディアムヘアがぷらぷらと揺れて私は「聞こえたよなんかぶーんって」と言うがカナは「どしたのマユミ？　なんかさっきからちょっと変じゃない？」と言うから私は「そんなことないよいま確かに何か聞こえた」と応じてアヤノは「マユミ具合悪いの？　耳鳴りとかじゃないかしら？」と言って私は首を振って「空の上の方でぶーんと音が……」。

　そのときまた教頭が拡声器で「はいみなさん静かにして下さい。はい静かに。加藤先生がまだ戻ってきていません。学園を出てからもう三十分が過ぎましたが……もうすぐ戻ってくるかも知れませんがもう十分待っても戻ってこなければいったんまた中に入って」と言いかけた途端ぶぉぉぉぉぉおぉぉぉぉぉおおおおおひゅぅぅぅぅぅぅびぃぃぃぃんと爆音がして教頭の声はかき消され空を何か複数の物体がびゅんびゅんびゅびゅびゅんびゅんと飛んでゆくのがちらりと見え生徒たちはわぁぁぁぁきゃぁぁぁと叫んでその場に座り込んだり駆け出したりして先生方は慌てて何かを叫んでいるが何を言っているか分からなくて私は腰を抜かしてその場にへたり込んで空を見上げると飛行機が——それも小型の戦闘機のようなものが——びぃいいぶいぃぃぃんと何機も何機も飛んでゆきそれらは次に弧を描いて飛行したり雲のなかに消えたり雲から出てきたりし始め私は私の横に同じくへたり込んだカナとアヤノと一緒にその光景を口をぽかんと開け見つめている。この戦闘機はいったい渋谷の上空で何をしているのだろう？　私は訳が分からないままただその何十機にも及ぶ戦闘機群に見入っていてその動きは複雑だけど華麗であり巧みでありそれが巨大な殺傷兵器であるということの実感のなさも相まってぼんやりとすごいなと感心していて周りの生徒や先生方も私と同じように感心しているように見えるがやがて戦闘機のぶおんぶおんというエンジン音よりさらにけたたましいヴォリュームでだだだだだだだだだだだだだだだだだだだだだだと機関砲の音がして戦闘機の機首のあたりがぱっぱっぱっぱっぱっぱっと光るのでそれが銃撃なのだと理解した私はようやく恐怖を感じ悲鳴を上げる——生徒たちは阿《あ》鼻叫喚《びきょうかん》しながらある人は走ってまたある人は土のグラウンドを這うようにしてあちらこちらへ逃げ始める。銃声のすき間を縫うように生徒たちの悲鳴が聞こえ先生たちも恐怖に駆られて口をぱっくぱくさせているが辛うじて生徒のことを構う余裕がある数名の教師たちが逃げ惑う生徒たちを体育館の方へ促すのでそれを見た私も夢中で体育館へと向かうがうまく立っていることができず何度も転倒し膝をすりむきながらめちゃくちゃな格好で少しずつ進むが横にいたアヤノとカナが私を抱きかかえるようにして立たせてくれたので三人で二人三脚をするようにして体育館へ向かい私は「ありがとう」と言うがその声は二人には届いていないようで私がカナの横顔をみるとその色白の美しい皮膚はわなわなと小刻みに震え口元は真一文字に結ばれている。体育館の入口まであと二十メートルというところでひゅるるるるるるると花火でも打ち上げたのかと思ったらどがーんばごーんぐわらぐわりげじゃがばーんと爆発があって爆風が前から押し寄せ私たちは吹っ飛ばされて宙を飛んでそれからグラウンドの土の上にどさっと落ち背中を打った衝撃で頭がずきずきしてきぃぃーんほわわわぁぁぁぁぁと耳鳴りがして霞《かす》んだ視界には奥の方から盛大に炎を上げている体育館が映りその天井はひん曲がり鉄骨がむき出しになっていてあたりには何十人もの生徒たちが倒れていて私たちより後ろにいる生徒たちがぎゃあぎゃあぐうぇぇぇぇと泣き叫んでいるようで私は朦朧《もうろう》とした意識のなかで私の肩を支えてくれていたはずのアヤノとカナの姿を探すとカナは私の隣でぐったりしていて私がカナの背中を揺さぶるとうっすらと目を開けて口をぱくぱくさせるので私はほっとしてアヤノの姿を探すが見つからず見つかるものと言えばすぐそこで地面に突き刺さっている鉄骨の破片くらいだけどよく見るとその長さ一メートルくらいの細い鉄骨と地面との間には制服姿の人間が倒れていてさらに目を凝《こ》らすとその鉄骨はその生徒の腹の辺りに突き刺さっていてもっともっと目を凝らすとそれはアヤノだった。

私は駆け寄ってどうしたら良いか分からずただアヤノの肩に触れるがアヤノの腹からは赤黒い血やら何やらが溢れ出していて私がアヤノを揺さぶると目を開けたままアヤノは口から血を吐いて私は頭が真っ白になってうわぁぁぁぁぁぁと泣き叫んでしまいアヤノアヤノちょっとアヤノほらアヤノアヤアヤあぁぁぁぁと喚《わめ》きに喚いて涙が出てきてその涙の向こうでアヤノがびくびくと体を動かすのでアヤノ生きてるのアヤノと言うがひとしきり体をびくつかせるとアヤノはぶはっと血を吐いてから動かなくなって私はその場に跪《ひざまず》いてうぁぁぁぁぁぁあうぎゃあぁぁぁぁと吠えているが後ろからカナがやってきて私に抱きついてきてカナも同じように泣いているが私みたいに喚いてはいなくて私をそっと抱きかかえてから耳もとで「……い……けど……逃げよう……マユミ」と言って私はカナに起こされ引っ張られながら泣きじゃくりながらがくがくする足を引きずって歩いてばばばばばばばばばぶうううううんぶいーんと鳴っていてもう何がなんだか分からないままどこかの建物に入りカナが私を正面からきつく抱きしめてきてうっうっうっと嗚咽《おえつ》して私もうっうっう

っうっと泣いてそのまま力が入らなくなってリノリウムの床に膝を突いてやがてぐったりと横たわって咽《むせ》び泣く。

2

寝転んでいたせいで体のあちこちが痛くて起き上がった私はまず首を回し肩を回しぐきぐきとやっているとそこは校舎の玄関で周りには生徒たちと先生たちが座っている。私の隣にはカナがいて私が起き上がると「マユミ大丈夫？」と声をかけてくれて私は何だかほっとして「うんありがとう」と答えて深呼吸をする。あの喧噪《けんそう》はいつの間にか消えて無くなり生徒たちの話す声やぱたぱたと床を歩く音だけが響いており目の前の玄関から見えるグラウンドには雪が降っている——いやそんなはずはないいまは九月でまだまだ暑い。「あれは」と私がグラウンドの方を指さすとカナもそちらを見て私が「あれ何だろね」と言って立ち上がり外に出ようとすると後ろで誰かが「ちょっと外に出ないで！」と呼び止めるが私は気にせず扉をくぐって外に出てその降りそそぐ物質を手のひらで受け止めてみる。はらはらと舞い降りたそれを私は握りしめたり指先でつついたりする——灰だ。ざらざらしていて埃っぽくてでも妙に湿り気を帯びた灰だ。灰が降りそそいでいる。このグラウンドに――この街に――この世界に灰が降りそそいでいる。

私は目に灰が入らないように両手でカヴァーしながら空を見上げる。そこには灰色の雲がある――でもそれはひょっとすると雲なのではなくて灰そのものなのかも知れない。それはあの閃光が走ったあとに急に空を覆って灰を降らせているのだから雲にしては変だしもしあれが雲ならいまごろ少しくらい雨が降っていてもいいのに雨が降った気配もこれから降るであろう気配もない。玄関に戻ろうとした私は体育館のそばに倒れている生徒たちの姿を横目に見てしまい立ち止まりそこにアヤノの亡骸《なきがら》があると考えると膝が震えだしてその周りに倒れている生徒たちもみんな死んでしまったのだろうかと思うと背筋に悪寒《おかん》が走り膝がもっと激しく震え出すのでひやぁと声を上げて玄関に駆け込み慌てて髪や制服についた灰を払うとカナの隣に素早く座る。「マユミ?」と声をかけるカナに私は「灰だよ灰」と答えカナが「あっうん」と答えて驚きとも不安とも取れるようなおかしな顔をしてすぐに俯いてしまうのを見ながら私はアヤノの腹とそこに突き刺さった鉄骨を思い出して気分が悪くなってくる。

廊下の奥から誰か先生がやってきて「二階の家庭科実習室に集まってください」と声をかけるので私たちはわらわらと立ち上がり動き出す。カナは私の隣にぴったりと張り付いて立ちカナの左手は私の右手を握り私はカナの左手をぎゅっと握り返す。周りの生徒たちのなかにはクラスメイトは誰もいなくてみんな別の学年のクラスの子たちで顔を見たことがある人は結構いるけど仲の良い子はいない。薄暗い廊下と階段を黙々と進み薄暗い実習室へ行くとそこには既に三十人くらいの生徒がまばらに椅子に座っているけどやはり仲の良い子やクラスメイトはおらず全校生徒は中高で六百人以上いるはずなのに実習室には私たちを入れても五十人くらいなのはいったいどういうことだろうと思うがよく見ると実習室にいるのは高校生だけなので中学生は別の場所に集められているのかも知れない。

がらがらと扉を閉めた教頭は教壇の前に立って「はいみなさん全員揃っていますか？ええ……その……」と口ごもってから深呼吸をして切り出す。「いま私たちは完全な非常事態の中にあります。辺り一帯が停電して携帯電話などの電波も通じません。水道は辛うじて動いていますが水圧が弱くなっているので公共の水道はいつまで持つか分かりません。また泥が混じっている可能性があるので水道の水は飲まないで下さい。本校には地下の貯水タンクがあるので万が一水道が止まった場合には非常用電源を使ってポンプを動かしそちらの水を使います。辛いかも知れませんがいましばらくは下手に動かないで様子を見ましょう。電力が復旧し安全が確認され次第下校にしたいと思いますがいま学校の外に出るのは危険です。信号が止まり電車が止まっていて何が起こるか分かりません。まずはここで待機することにします。みなさんはここを動かないようにして下さい。仮にも校舎の外には絶対に出ないように。それから」と言って教頭は教壇の上や下に積まれている何十箱もの段ボールを指さす。「学校に保存してある非常食と非常用の水がいくらかあります。万が一このまま夜になったらこれをみんなで食べましょう。この分だと……」教頭は室内を見渡す。「一週間くらいは何とかなると思います。もちろん今日の早い内にみなさんが帰宅できることを望んでいます。怪我をした人や具合が悪い人は申し出て下さい。保健室から応急キットや常備薬も持ってきました。教室の隣のピロティには校内のソファーやベッドをいくつか持ってきているので横たわりたい人は使って下さい。ただし先生方に黙って実習室とピロティ以外の場所には行かないで下さい。トイレは部屋を出てすぐのところを使って下さい。何か質問がある人は？」

「加藤先生はどうなったんですか？」と誰かが手も挙げずに声を出す。

「加藤先生は」と教頭は言う。「まだ戻られていません」

その言葉が教室の空気をぴしゃりと張り詰めさせてしまい教頭はそのことに気付いたらしく掌を額にあてて生徒たちの緊張を和《やわ》らげるような言葉を考えているみたいだけれど結局何も思いつかないようで溜め息をついて首を振って教室の隅へそそくさと退散する。カナと一緒に教室の一番後ろに椅子を並べて座っている私は教室の前に掲げてある時計がその三本の蛍光塗装がされている針を光らせているのをじっと見つめる。三時三十五分。いつもならもう授業が終わっている頃だ。

結局私たちは何時間もその家庭科実習室でだらだらと過ごし夜になって部屋が真っ暗になると理科室から持ってきたアルコールランプを照明の代わりにして配られた非常食のクッキーを配られたペットボトルの水と一緒に食べる。そのブロック状のクッキーは何だか脂肪で固めたような濃い味がしたけれど空腹の私にとっては十分に美味《おい》しく感じられ配られた六個のクッキーを食べ終わる頃には多少の満腹感を得ることができる。このまま学校に寝泊まりすることになることが明らかになってくると教師たちと生徒たちは協力してあちこちの部屋から床に敷けるようなものを探してきて新聞紙やプリントの類をリノリウムの上にふんだんに敷きその上に保健室にあった毛布やシーツをなるべく広く敷き詰めそれでも足りないところは近くの教室や廊下に残っていた体操着やタオルを持ってきて敷く――みんなは持ち主が誰かなんて全然気にしないで手当たり次第に床に敷けるものを見つけては敷いている――私とカナはその辺で見つけてきた誰かの体操着に着替えると布や新聞紙を敷き詰めて作った即席のセミダブルマットレスに寝転がる。それまで口をつぐんで黙っていたカナは私の耳もとで「ねぇマユミの家って近いよね?」と話し始める。

「うん歩いて十分くらい」と私は答える。

「帰ろうとは思わない？」

「でも外は危ないって先生が言っているし……」

「十分でしょ？　こっそり抜け出したらすぐ着くよ」

「そうかも知れないけどいまはもう暗いから。電気が止まってるってことは街中が真っ暗なわけでしょ？」

「ああそうか……」とカナが暗闇のなかで頷くのが分かる。「でも家族がどうしてるか気になるよね」

「うん」

「こんな近くに住んでるのに帰れないなんて」

「カナは遠いんだっけ？」

「用賀だから田園都市線に乗ればそんなに遠くないんだけど……この様子じゃあね」

教室内の生徒たちのなかには寝息を立てている人もいればまだ起きて体育座りをしている人もいて私たちみたいにひそひそと話をしている人も少なくない。携帯電話の時計は八時半を示していて寝るにはまだ早い時間だけれど電気は止まっているし照明はアルコールランプしかないし何もできない——鞄のなかには本とかウォークマンとかが入っていたけどグラウンドで吹き飛ばされたときにどこかに行ってしまったし先生たちの目を盗んで外に探しに行くわけにもいかない。私はカナと家のことや家族のことを話して時間を潰す。もう何度も話したことだけどこんなときにはもう何度も話したようなことを話した方が何となく心が落ち着くような気がして私たちは「その話知ってる」なんてことは言わずに互いの話にただじっと聞き入る。カナのお父さんはどこかの大学教授でお母さんはフリーランスの翻訳者をしていて家には本棚が二十個もあってそれはびっしりと歴史や文学の本で埋まっているけどカナはそれを一度も読んだことがない。私のお母さんはいくつかのレストランを経営していてお父さんとは五年前に離婚していてたまに会うけどお父さんがいま何をやっているのかはよく分からない——音楽関係の仕事だということは確かだけど詳しいことは尋ねたこともないし向こうからも言ってこない。カナはひとりっ子で犬を一匹だけ飼っているけど私にはお姉ちゃんがいてお姉ちゃんはいま大学に通って金融の勉強をしていて私は理系志望だけどお姉ちゃんも数学が得意だったからそういうところは似ているのかも知れないといったようなことを延々としゃべる。

「それで彼氏とはどうなの？」とカナが尋ねてきてそれで私はユースケのことを考え始める——ユースケは私が中学三年のときに通っていたヴァイオリンのレッスンで出会ってそれから仲良くなって一年前から付き合っている。ユースケはヴァイオリンも上手いけど作曲が大好きで作曲家になりたいと言って一人で勉強してスコアを書いているような人で頭もいい。でも交通事故でお母さんが死んでしまってお父さんは新聞記者をやっていて仕事で忙しいからいつも一人で掃除洗濯をして料理を作って学校にも通っていて何もかも一人でやってその合間に音楽をやってアルバイトをやって本当に大変そうで私と遊びに行く時間について私はいつも何だか申し訳ない気持ちになる——といっても私たちが行くところなんて公園を散歩するとか映画を観に行くとかその程度のものなんだけれど。ユースケと私が付き合っているのは私のお母さんも知っているしユースケのお父さんも知っていて互いの家に遊びに行くことも当たり前のようにしている。ユースケは本当によく出来た人だからうちのお母さんはとても気に入っていていつも三人でご飯を食べに行ったりもする。ユースケのお父さんはあまり家にいないけどたまに帰ってくると私とユースケもお父さんのためにケーキを買ってきてくれたりして楽しく時間を過ごせているしユースケもお父さんのことはとても尊敬して慕《した》っていて私もユースケのお父さんから色々と面白い本を教えてもらって読んだりする。

「ユースケはいまどうしてるんだろうなぁ無事だといいけど」と私は言う。

「どこの学校に通ってるんだっけ?」

「広尾のあたり」

「じゃ近いね。やっぱユースケくんも学校にいるって感じかな」

「渋谷だけが停電しているわけじゃなさそうだよね」

「なんで？」

「だって……渋谷だけが停電だとしたら……」

カナは私の方をじっと見つめていて私はその視線に少し戸惑いながらも渋谷だけが停電なら他の地区から人がやってきてすぐに電力を復旧させられるはずだし渋谷で何が起きているかを教えてくれるはずでそういう情報が一切入ってこないということはかなり広い範囲でインフラが壊滅していてまともに連絡を取り合うこともできなくなっている可能性が高いということを説明する。

「やっぱりマユミは頭いいね」とカナは言う。

「それに」と私は言う。「あの戦闘機みたいなのは……」

しかしそこまで声に出して私はやはりあの光景を――何十人何百人もの生徒の命を奪ったあの光景を――思い出してしまい押し黙る。カナは私が黙り込むのを見て溜め息をつく。

私も溜め息をついて寝転んだままカナの手を握りしめる。

「早く元通りになって欲しいな」とカナが呟く。私は頷く――暗闇のなかで誰に見られているわけでもないのに。

3

翌朝になり私たちはもぞもぞと動き出す。時計の針は六時十一分を指していて教室の前には見張り当番らしき先生が椅子に座って目をこすっている。立ち上がった私は窓の外に目をやる——空一面は未だに灰に覆われていて薄暗くほんのりと太陽の気配のようなものだけがその向こうに感じ取れるくらいでその下に広がるいびつなビルの群れはみんな死んでいるみたいで手前に広がるグラウンドには真《ま》っ新《さら》な灰が降り積もりそこに広がった平面はどこまでもクリアで平坦だ。でもそこには当然あるはずの生徒たちの死体が無い——綺麗さっぱり死体たちは片付けられていて体育館の天井が豪快《ごうかい》にひしゃげていることを除けば極めて平穏な光景に思える。ぞろぞろと起き上がり始めた生徒たちはしかしその平和で異様な風景を目にしても何ら特別な反応を示すことなくぼそぼそと互いに声をかけあっていて私には彼女らが気付かないふりをしているのかそれとも本当に気付いていないのかが分からなくなってしまうほどで私は不安になってカナの肩を突っついて「ねえ外を見てみてよおかしくない？」と囁《ささや》き目を醒ましたカナが立ち上がって外を見ると「えっ何が？」と言ってきょとんとした表情をするので私は何だか怖くなる。

「何ってほら体育館の周りに――」あるはずの死体が無いと言おうとして私は口ごもり俯いて首を振る。「分からない？」

「灰が積もってるね」とカナは答える。

「それに……」

「それに？」

「だからほらききききき昨日あったのが……無いよ」

「昨日あった何？」

私はそのとき教室中の生徒たちの視線が私に集まっていることに気が付き冷や汗をかく――いったいどうしてみんな分からないの？　たくさんの生徒が昨日死んじゃってその死体が体育館の周りにごろごろ転がっていたはずなのにそれが全部なくなっちゃったっていうのになんでそのことに気付かないの？　気付かないふりしてるの？　どうしてカナまで知らんぷりするの？　こんなのおかしいよ――でも私は結局それ以上何も言えずに口ごもってしまいすーはーと荒い呼吸音を家庭科実習室に響かせることしかできない。

おはようございますと先生方が声をかけ始め昨日の午後のように教頭が実習室のホワイトボードの前に立つ。

「おはようございますみなさん。ええとまず状況ですが一晩経ちましたが外部からの連絡はありません。先生たちで校舎の周りを歩いてみましたが電気が完全に止まっていて人影もありません。交通も通信も復旧しておらず外を歩くのは危険です。今日の朝からは水道もダメになり校内の貯水タンクを使うように切り替えました。水道水はもう飲めないので注意して下さい。早くみなさんを家に帰したいところなのですがこの状況でみなさんを外に出すことは……」

がたがたがたがたんと突然の物音が教室内の五十人の生徒たちと数名の先生方の背筋をびくんと刺激して私は教室内で棚や机が崩れたのかと思ってぐるりと首を回すと教室の一番後ろで生徒の首がすぱーんと跳ねるのを目撃しあんぐりと口を開けたところで悲鳴が四方八方から飛び交いその斬られた首の付け根からは大量の血液が噴水状にばあああぁぁぁと出てその勢いは徐々に減衰《げんすい》してやがてちょろちょろと流れ出る程度になってその生徒の後ろに変などろどろした物体が立っていて——それは物体だけれども手足がちゃんとあって人形のような形をしている。

くらりっさぁぁぁぁぁぁぁっぁぁと濁った叫び声が聞こえそれはどうやらその人形

から発せられたようで私は足をがくがくと震わせながらその人形と五メートルくらいの距離を空けて対峙《たいじ》していて生徒たちはみな教室の前の方へ駆け出しているが何人かは腰を抜かしてその場にへたりこみ流れ出た血が床に敷き詰めた体操着やカーテンや段ボールを濡らしてゆき私は誰かに腕を引っ張られて無理やり後ろに引きずられその人形はぐわっはぁあうぎひぃぃへへへへと唸って片腕の先から伸びている長い鉤《かぎ》状の刃物のようなものをぶうんと振りかざして近くで腰を抜かしている生徒の頭蓋《ずがい》にそれをずしゃっと突き刺すのが見える頃には私は既に実習室から出て行くところであの怪物は教室の後ろのドアをぶち破って入ってきたんだと考えながら慌てて実習室に背を向けて走り出すが途中で転び額をがつんとリノリウムの床にぶつけきーんきーんと変な音が脳内に響いてそれからまた走り出して途中で誰かにどかどかどかとぶつかって自分でも知らないうちに悲鳴を上げていて隣にはカナがいて「早くはっ早く早く！」と凄い形相《ぎょうそう》で叫んで――その顔は化粧が取れていつもよりカナはあどけなく見える――私を引っ張っていて先生方も一緒になって走っていてダメになりかけている両脚を引きずって階段をどたっどたどったと駆け下りて玄関まで来るが靴など履かないまま外へ出ようとする――前方では生徒たちががらがらと立て付けの悪い玄関の扉を開いて夢中でグラウンドの方へ走ってゆき私たちもそれを追ってぜいはぁ言いながら玄関を出るがバリッガシャバチャーンとガラスの破片がばらばらばらば

らと降りそそいできて何かと思うと巨大な石が落ちてきて一人の生徒を頭から押し潰してものすごい血しぶきが飛んでそれが私の顔面にぱしゃっとひっついて私は目を閉じて口に入ってきた血を間違って飲み込んでしまい隣でカナがきゃぁぁぁぁと叫んで私はすぐに制服の袖で血を拭って目を見開くとそれは石ではなくあの気持ち悪い怪物でそれは膝をおかしな形に曲げて潰されている生徒の背中にあのハーケンみたいなのをずっしゃずっしゃと刺して肉を掻き取ってうぐへへへへへうまうまうまと言いながらその肉を口に——口というよりそれは単なる丸い穴でその穴の周りには指みたいな触手が何十本もついていてうじゃうじゃと動き回っている——入れて飲み込んでうぎぁっはっはっばっはっぱと嗤う。そいつは固まっている私とカナを見ると——と言っても目は無いがその口のついた頭部を私たちの方に向けて——肩らしき部位をぶるんぶるんと震わせてくらりくらくらりくらりくらぁぁぁぁりっさぁぁぁぁぁと吠えてどしどしと近づいてきて私はもう訳が分からなくなって後ろに走り出して私の腕をがっしりと掴んでいるカナも私についてくる。玄関前の廊下を必死で走ると背中からどだっどだっと重苦しく湿った音がしてやつが近づいてくるのが分かって私たちはひぃうひゃぁぎびぇぇと泣き喚きながら階段を必死でのぼり途中踊り場でカナがずっこけてそれを起こして私たちは二階についてさらにのぼって三階まで来て下を見るがあの怪物は鈍くてまた二階に上がる前のところで肉食うぞクラクラ肉リッサ肉食うぞと言い続けていて私たちは三階の廊下を突っ切って一番奥の視聴覚室に入る。

ずらりと机と椅子とコンピュータが並んでいて私たちは部屋の中央寄り少し後ろあたりに行き椅子を寄せて作った机の裏のスペースに腰を下ろす。カナはひぃひぃと肩で息をしていて私も息があがってひっくひっくしていたので溢れる涙に構わずカナの両肩を両手でがっしりと摑みながらふうううううと深呼吸を何度もして心拍を落ち着かせようとするが心臓はばくばくばくばくばくばく高鳴っていて収まりそうもない。やがてカナも一緒に深呼吸をして二人ですうううはあああと肩を大きく上下させているとひぃひぃ鳴らなくなり少しは冷静さが戻ってくるが既に全身が汗でびしょびしょでスカートの裾までぐっしょりとしていてもわっと臭いが立ちのぼってきて私は失禁したのかと思うけどしていなくてどうやらカナが漏らしてしまったようだ。はぁはぁはぁとカナが真っ青な顔をして震えているので私はカナをぎゅっと抱きしめカナも私をぎゅっと抱きしめている——カナの熱が私に伝わってきてどことなくほっとするが同時に私はあいつがここにやってきたらどうしようと考える——この部屋は他の教室よりは身を隠すには都合がいいかも知れないし狭いスペースに大量の机と椅子とコンピュータがあるせいで図体のでかいあいつは思うようには動けないはずだけどここにはドアは一つしかないからこちらが逃げ出すのも大変だ。

カナを抱きしめたまましばらくじっとしているとうごおおおおとあの怪物の咆哮《ほうこう》が聞

こえるが音源は遠いように感じられるので私はそっと立ち上がって窓からグラウンドを見てみるが外にはもう誰もいない——ぐしゃぐしゃに潰されたあの生徒が真下に見えるだけだ。私は体育座りをしているカナの隣でやはり体育座りをしてずらりと並んだ液晶ディスプレイの群れをぼんやりと見つめる。心拍はまだ高鳴っているがあの怪物が少なくとも近くには来ていないという事実が私の心身に余裕をもたらしはじめ極度の緊張状態が解けていくにつれ全身がだるく柔らかくなり視界が徐々にぼんやりとしてきて焦点が合わなくなってくる。私は溜め息をついて視線を落とすと私の右手——昨日の昼に突然私の言うことを聞かなくなりノートをがりがりと削り穴を開けてしまった右手——が小刻みに震えているのが分かる。自分ではもう意識もしなくなってしまったけれど昨日からこの右手はずっと震え続けていてそれは配られたクッキーを食べるときも水を飲むときもカナを抱きしめるときもずっとずっと震えていたのだ——こんな感覚は自分でも初めてのことでそれまで自分の手は自分の思い通りに動くものだと思っていたというかそもそもそれが自分の思い通りに動いているかどうかすら考えたことがなかったけれどこうして自分の意志とは無関係に勝手にぶるぶるがくがくと震え出してしまうと私の体はひょっとして私のものではないのかも知れないなんて思ってしまうがもちろん私の体が私のものであることは間違いない——ただ私は私が私をきちんとコントロールできていないように感じるのがそこはかとなく不快なだけなんだろう。

　ふと視界の隅がぴかっと光ったような気がして目を上げるとディスプレイに何かが映っているように見える——ここから見えるすべてのディスプレイがまったく同じ映像を映し出しているように見える——私は立ち上がり霞んだりクリアになったりを繰り返す視界でその映像を捉えようとする。その映像のなかには規則正しく並んでいるたくさんのスチール・デスクの上にたくさんのコンピュータ・ディスプレイが整然と並んでいてそのうちの一台の前にブレザーにスカート姿の誰かが立っていてこちらに後ろ姿を見せている——私がディスプレイに顔を近づけるとその誰かも屈み込んでディスプレイに顔を近づける。

　これは私だと私は思う。このディスプレイのなかでディスプレイを覗き込んでいるのはそれが映し出されたディスプレイを覗き込んでいるこの私だ。たぶん。私が左手をぶんぶんと振ってみるとその誰かも左手をぶんぶんさせる。私は目を凝らしてディスプレイのなかのディスプレイに何が映し出されているかを確認しようとする——するとそのなかにはやはりたくさんのディスプレイが並んでいてそのディスプレイにも私らしき誰かの姿が映っているのが辛うじて分かる。私は背中が気になって振り返るがそこには誰もいないしカメラのようなものはどこにもなく私が再び前に向き直るとディスプレイのなかの私もまたふっと前に向き直る仕草を見せている。私はディスプレイのなかにいる私の顔を見たいと思うがどうやったら私は私の顔を見ることができるのだろう——私はその場に跪いてディスプレイと顔の高さを一致させそのディスプレイを色々な角度から覗き込むがディスプレイのなかの私は頭をへんな角度にねじるだけで顔を見せてはくれない——そして私はそのつるつるのディスプレイの表面に私の顔が映り込んでいることに気が付いてはっとする——そう私はこのディスプレイのなかに私の後ろ姿を認めながらそのディスプレイの表面に映る私自身をも見ているのだ——私の顔には何か黒いものがへばりついていて——それは血だ——あのとき怪物にぶち殺されたあの生徒の——私は指先で自分の頬を触ってみるとそこには乾いてぱさぱさになった血がへばりついていて指先でそこをかりかりといじくるとディスプレイの表面に映った私の頬からその塊がぼろぼろと取れてゆき同時に目の前にある私の爪の間には赤黒い血塊が溜まる——そしてまたディスプレイのなかの私は化粧台に向かうかのようにディスプレイの前で自分の顔を指先でいじり回しているように見える。いまここにいる私とディスプレイのなかの私とディスプレイの表面にいる私——三つの私は完全に同じ動きをしているので三つの私は一つの時間の上にしっかりと定着しているように見えるけれど一方でどことなく違和感があるのも事実で私は私の前のディスプレイに映る二つの異なる次元の私を眺めながらその違和感がどこからくるものなのかを考えようとする——こんな抽象的な思考をするのはユースケのお父さんから借りた哲学書を読むときくらいだけど私はそういうものの考え方が案外好きなのだ——私は画面に映っている物事を隅から隅まで逐一《ちくいち》チェックすることにして机やディスプレイや椅子の数や位置を確認し私自身の身なりを確認し私の動きが画面上にどのように反映されるかを確かめそれから隣にある別のディスプレイにも同じことを試しているうちにやがて何が違うかが分かる。

カナがいない。ディスプレイのなかにはカナがいない。私はすぐそこで体育座りをしているカナを見る。カナはそこにいてぐったりしている。でもこのディスプレイにはカナは映っていない。私は訳が分からない。相変わらず取り乱した様子で突っ立っている私の姿がディスプレイには映っておりその表面には取り乱した様子の私自身の顔が見える。でもカナはそのなかにも表面にも映っていない。私は目の前のディスプレイに摑みかかりそのなかを凝視する——やはりそこにカナは存在せず私はそのディスプレイとにらめっこしながらこのディスプレイはいったい何なのだろうと考える——そもそも電気は止まっているはずなのになぜこの部屋にあるディスプレイだけが一斉に点灯しているか分からない——私が首をひねっているとディスプレイが一瞬ちらりと点滅したと思ったらディスプレイのなかの私がゆっくりと振り向きはじめる——私はディスプレイのなかで振り向くその私から目を離せない——その私は私の方に向き直ると頰に赤黒い血の塊を僅《わず》かに残した状態でぼんやりとこちらを見つめたまま突っ立っている――私は気味が悪くなり一度ディスプレイから目を背けて溜め息をつき勇気を振り絞ってまたそれを見るがやはりディスプレイのなかの私はこちらを向いていて――そして今度はディスプレイの表面に映っている私がこちらに向かってにやりと奇怪な笑みを浮かべているのを発見する――私は笑ってなんかいないはずなのにどうして笑っているの？――耐えきれなくなって私は摑んだディスプレイを思いっきり前方に突き飛ばす。ディスプレイはがどかっでんばんと音を立てて机の向こうへ飛んでいきケーブルがぶべっと音を立てて外れる。私は頭を抱えてどっさりとその絨《じゅう》毯《たん》敷《じ》きの床に腰を下ろす。

そしてカナがいない。

4

カナがいないカナがいないどうしようどうしちゃったのと私は取り乱して部屋中を探し回るがカナはどこにも見当たらないしついさっきそこにいたカナにはこの部屋から私に気付かれずに出ていくことなんてどうしたってできないはずだ。それでもカナは実際にここから消えてしまったようで私は頭を何度もひねりカナが消えたのではなく自分の目がすぐそこにいるはずのカナを見ないようにしているんじゃないか無意識の抑圧が起きてるんじゃないかとさえ考えて頬をつねったり目をこすったり頭をぶるんぶるん振ってみたりしたけど全部無駄だった。私は目の前にいるはずの人間をいないと錯覚するほどには精神を病んでいるわけではないし頭の回転はそんなに鈍っていないというかむしろ冴《さ》えているように感じられる――もちろん本当に精神を病んでいる人は定義からして自分は精神を病んでいるとは自覚していないものなのだろうから真実は私には分からない。

既にディスプレイには何も映っておらず——厳密に言えばここにあるたくさんのディスプレイはそのガラス製の表面に常に何かを映し出しているのだけど少なくともそこには何の映像も人為的には——と言ってもさきほど映った映像は果たして誰の人為によるものなのだろう?——流されておらず黒いスクリーンがただ一列に並んでいる。私はそのガラス表面でにやついていた私自身の顔を思い出して気味が悪くなりそのせいで鏡とかガラスとかそういうものを見たくない気分になっている。

いずれにしてもカナがいなくなった以上そしてあの怪物がおそらくこの近くにはいないであろうことが分かっている以上ここで時間を潰すのが得策とも思えないしお腹も減ってきたので校内を探して水や食べ物を調達したらいったん学校の外に出てみるべきかも知れない——そこで何が起きているのかいまの私には分からないけれどこのままここで野垂《のた》れ死ぬわけにはいかない。私は立ち上がってドアのところへ行きドアに耳をあてて廊下で物音がしないか確かめるが何もしないのでゆっくりと開けて外に出る。階段のところまですたすたと歩き下を覗き込みながら二階まで降りる。すぐそこにはピロティと家庭科実習室が見えそこには人影はないようで私は乾ききった血だまりがいくつもできているその廊下を歩いて家庭科実習室のドアをそろそろと開けるとそこには誰もおらず怪物に首を刎《は》ねられたはずの女子生徒の死骸すらなくただ血だけが床を覆い尽くしている。いったい誰があの死体を運んだのかしら？　と考える間もなく教壇に散らばっているクッキーに飛びついて包装を破り夢中でそれを口に運ぶ。昨日の夜それを食べてからいままで何も食べていなくてちょうどお腹が減っていた私はそれをむしゃむしゃと食べ始め次の包装を破ってまた食べ結局私はそのクッキーを十枚も食べてしまいそれからペットボトルの水を開けてぐびぐびと一気飲みするとそれはすぐにすっからかんになって私はすぐに尿意を感じて教室をそろりと抜けだしトイレに入って用を足すが水が流れないのでそのままにするしかなくて気がふさいだけれどどうすることもできずに実習室に戻る。

ふぅと息を吐いて教壇の横のパイプ椅子に座ると私は散らばっているクッキーとペットボトルをぼんやりと見つめるがそのうちこれらを何とかして集めて持ち歩くことができればと考えその辺に落ちている誰かの学生鞄――そういえば私の鞄はどこに行ったのだろう？　昨日の夜まではここにあったはずなのに――を拾い上げ中身をがらがらと床にぶちまけ――いくつかのテキストと筆箱と鏡と櫛《くし》と小さなチャックつきの布製の小物入れと手帳が落ちてきて手帳からはぱらぱらと何枚ものプリクラが出てきてそこに映っている何人かの人影を見るとなかには見たことのある顔が二人いたけれど名前を思い出すことはできずその顔の横に「ゆん」とか「みぃ」とか書いてあるのを見てもやっぱり誰だか分からない――そこに五〇〇ミリリットル入りのペットボトルを六本入れ残りのスペースにクッキ

ーの個包装を拾っては詰めて全部で四十個くらいのクッキーを入れる。チャックを閉じてそれを肩にかけるとかなり重い。この状況では食糧を確保しておくことがとても大事だということは分かるけれどいくらなんでもこの重さでは肩が外れそうになる——そこで私は教室内を物色して部活用の道具を詰めるための大きなリュックサックを見つける——それを開けてなかからバスケットボールやスポーツウェアや膝サポーターやらを放り出しさっき学生鞄に入れたものを詰め替えてチャックを閉じて背負うとそれほど重くは感じない。まだ詰められると思って私はペットボトルをもう四本入れてクッキーをさらに六十個くらい入れた。背負ってみるとそれなりに重いけどリュックなら何とか我慢できるしこれだけ詰め込めば三日くらいは飢えなくても済む。私はさらに教壇の周りを探して落ちているクッキーをすべてリュックに入れる。部屋のなかにはクッキーやペットボトルが入っていた段ボール箱がいくつもあるが中身が荒らされているようで見渡せる範囲にあるクッキーは私が拾ったもので全部のはずだ。水はまだごろごろと何本か転がっているがこれを全部持ち歩くことはさすがに難しいので置いていくことにする。

　さてこれからどこに行こうと考える間もなく私は家に帰ることを決める。うちはここからすぐ歩いて行けるところにあるのだし四十階建てのマンションのなかは学校のなかやその辺の道端にいるよりはずっと安全だし何よりお母さんに会いたい。

私はその辺に落ちていた生理用品を念のためと思って拾い上げてリュックを背負ったままなかに突っ込むと家庭科実習室を出て階段を降りて玄関へ向かう。いまでも空はどんよりとしたままで相変わらず空気中には細やかな灰が舞っていて空気を吸い込むだけで喉を痛めそうに思えるので私は制服の袖で口を押さえてグラウンドに出てああどこかにマスクがあればいいのにと思うけれどもう学校のなかに戻ってあれこれ探したくなくて早く家に帰りたくてその辺に落ちている上履きなんだか外履きなんだか分からない適当な靴を拾ってサイズの合うものを履くと――そのとき私は自分がずっと靴下一枚でいたことに改めて気が付く――左手の袖を口に当てたまま早足で校門の方へと移動する。かさっかさっかさっと私が履いた誰かのローファーは音を立てて灰を巻き上げ砂をさらう。その音は妙に耳もとに近く感じられて私は気味が悪くなる――まるでレコーディング・スタジオにいるみたいに平板で響きのない音に感じられるのはなぜ？　そのとき突然がらんがらんと何かが崩れ落ちる音が小さく聞こえまた続けてがこんがこんと鳴り私は何が起きたのかと思うがその音はとても小さくて遠くから聞こえているに違いなく別段自分の身に危険が及ぶようなものではないと思うものの一方でなぜかその音もすぐ耳もとで鳴っているように響いて私はそれが実はこの街全体があまりにも静かすぎるからだということに思い至る。普段なら常にがさがさと木の枝が揺れひゅるるるるるると風が吹いてかぁかぁとカラスが鳴いていてざわざわと人の話し声が聞こえぶーんぶーんと車が通ってぴーぽーぴーぽーうぃーんと消防車やパトカーが行き交いがんがんがらがっしゃんと工事現場から鉄パイプがぶつかり合う音が響いてそれらの雑音や騒音が混ざり合って街全体に一つの音響効果をもたらしているのにいまはそれがまったく聞こえない。私が立てる小さな足音や遠くから聞こえる物音が妙に差し迫ったものとして感じられるのはたぶんそのせいだ。

校門を出て左右に延びる細い道の様子を窺うが誰も歩いていないし車も通らない。歩道や車道にはうっすらと灰が降り積もっていて足跡やタイヤ痕は見当たらない。学校の向かいのマンションや左右に立ち並ぶ雑居ビルには明かりは灯っていないし人の気配はなく窓がところどころ割れている建物もあるし傾いたり折れたりしている電柱もあって廃墟《はいきよ》みたいに見えるけれどマンションのゴミ収集場にはまだたくさんのゴミ袋が置いてあったりするし道端には灰をかぶった雑誌やビニール袋が落ちていたりして生活の気配がなくなったわけでもない。ひょっとしたら誰かが建物のなかに身を隠しているかも知れない。でもこの状況で誰かとばったり出くわすのはかえって怖い。見ず知らずの人には何をされるか分からないし見つからないに越したことはないと思った私はあまり物音を立てないように静かに小股で歩いて大通りに突き当たるところまで行く。

がらんとした大通りに出ると八車線ある広い道の反対側に並ぶビルの奥に私の家が見え

る。マンションは傾くこともなく崩れることもなくそこに聳《そび》え立《た》っていて私は私にまだ帰る場所が残されていると思うと少しだけ気持ちが楽になる。私は灰を巻き上げながらその誰もいない大通りをてくてくと横断し始めぼんやりと霞んだその四十階建ての摩天楼《まてんろう》を目指す。

5

青山の細かい路地を歩いている私は自分の後ろを誰かが尾行しているような気がして振り返ってみてもそこには誰もおらずただ自分の足跡が灰の上に刻み込まれているだけだが再び歩き出すとやはり誰かが私の後ろをつけているように感じられてならないからまた振り返るけどやっぱり誰もいない。私は歩いては立ち止まり背後に感じる気配の正体を探り当てようとしている。でも私が立ち止まるとそいつも立ち止まり私が振り返るとそいつは姿を消して私はどうしてもそいつの姿を見ることができなくて私は何だか怖くなって蒸し暑いのにも拘わらず二の腕の皮膚がざわざわしてきて背筋が冷えてきて堪《たま》らなくなり「誰？」と声を出してみるがその声は柔らかな灰に吸収されまったく響かず私の耳のなかに乾いた音として戻ってくる。私は再び歩き出して私の背後を歩いてくる誰かの気配を感じその気配は本当に私の真後ろにあってははぁはぁと小さく息をしているのさえ聞き取れるくらいで私はぞっとしてぶるぶる震え出して心なしか早足になるとそいつも早足になってすたっすたっすたっと追いかけてきて私はこのまま立ち止まったら私の背中にそいつはぶつかるのではないかと思うけれどそんなことをするのも怖くてもっとスピードを上げてやがて私は走り出している——マンションまであと少しほんの少しの辛抱だからと雑居ビルの立ち並ぶ通りを駆け抜けてゆく——そのときふと私は横を向いてビルのガラスに映る自分自身の姿を確認する——そこには疾走する私の後ろに制服を着た女の子が映っているのが分かる。

「カナ?」と言って私は立ち止まり振り向くが後ろには誰もいない。しかしビルの窓ガラスを覗き込むと私の隣にはカナがいて息を切らしていて私は驚いて膝をがくがくさせて「カナ? カナ?」と何度も名前を小さく呼びながら顔を引きつらせていてガラスのなかのカナは私を後ろからぎゅっと抱きしめて私の背中に顔を埋めていて私は背中にカナの湿気の混じった息を浴びるがそれは私を安心させるというよりぞっとさせ私はその場に立っていられずまた夢中で走り出す。

「マユミ!」とカナが呼び止めるが私はいつの間にか泣いていてうっうっうっえっぐえっぐと息を荒くしながら走ってマンションへと向かっているけれど視界は涙でうるうるしてしまっていてよく見えず電信柱に激突しておでこをドゴッとぶつけてひぃと悲鳴を上げて

その場にうずくまるとカナもしゃがんで私に抱きついて「マユミ！マユミ！マユミ！」と言って伸ばした両腕を私の脇の下に通してぎゅううううと締めつけて私はおっぱいが締めつけられて「うぐっ」と声を出しカナは私のおっぱいをぎゅっぎゅっと何度も締めつけるから私は「うぐっうぐっうぐっ」とそれにあわせて喘《あえ》いでいてカナは「マユミ！置いてかないでマユミ！マユミ！」と言って私はとりあえず頷いて「うん分かったうん！カナ！分かったからカナ！」と言ってカナの方に向き直ると涙でぐしゃぐしゃになったカナがいて私はカナを夢中で抱きしめる。

カナの髪からは汗とシャンプーが混ざったようないい匂いがして私は安心して全身から力が抜けてばふっと地面に腰をついてスカートのなかには灰が舞い込んできてそれが太ももの裏側の汗をかいたあたりにひっついて変な感じがするけどそんなことにも構わず私はカナの首筋に自分の鼻や口をすりつけてくんくんとカナの匂いをかぎながらカナを何度もぎゅううと締めつけてカナも私みたいに「うぃぃひぃっ」と喘いで私たちは電信柱の下で力強く抱擁《ほうよう》をする。

「カナ！　どこ行ってたの？　カナ！」と私が尋ねてもカナはあああぁぁぁうぶぁぁぁぁんと泣きじゃくり始めてその質問に対しては首を振るばかりで私はカナの背中を撫《な》で髪を撫で落ち着かせる。しばらくして落ち着いてくるとしゃっくりまじりにカナは私の顔を見る。

「怖かったよぉ怖かったマユミが……うぁっ……ひっく」

「どこに行ってたの？　私……カナ……」

「えっく……マユミが向こう行っちゃって私……うっひ」

カナが指さす方を見るとしがない雑居ビルの入口のガラスがありそれを見た私はカナが言わんとしていることが何となく分かってくる——つまりこのガラスに映っている向こう側の世界にカナは行ってしまって私たちは離ればなれになってしまったのだろう。私はそのガラス扉を眺めながらそこに当然映っているはずの私たち二人の姿がないことに気が付いて「ねぇカナ」とカナの背中をつついてそれをよく見るように促すとカナはちらと見て「どうしたの？」と言うので「私たち映ってないよ」と私は答えるがカナは首を振って「え？」と間抜けな声を出して「映ってるって何言ってんの」と言うので私は訳が分からなくなって「でも私には見えないよこのガラスには私たち映ってないもんホントだよカナよく見てみてよ私たち映ってないよ」と言いカナは首を振って「そんなことないってちゃんと映ってるってマユミどうしちゃったの？」と言う。

私は怖くなって目の前にいるカナの体をぺたぺたと触ってみる——髪も頬も鼻も唇も指も二の腕もお腹も胸も背中もお尻も全部本物で私はそれを触ることができる——カナはく

すぐったかったのか体をぴくぴく動かして「あっいやマユミ」と声を出して私は「ごごごめん……カナ本物だよね？　カナだよね？」と言うと「うんそうだよ本物本物マユミこそ本物だよね？」と言うので私は深く何度も頷く。

私たちは立ち上がるときつく互いの手を握って歩き出す――私のマンションにカナも一緒に避難しようということになったからだ――私は建物や自動車の前を通り過ぎるたびにそのガラスに映っているものを見るのが怖くなりなるべくそれを見ないようにするがどうしても目に入ってしまいその度に私たちはそこに映るものを見て「あっ」と声を上げて見入ってしまう――そこには私たちの姿が映っていることもあれば映っていないこともあるし私だけが映っていたりカナだけが映っていたりもしてそれだけではなく私が見るのとカナが見るのとではそこに映っているものが違うこともある――ガラスの向こうに映る世界にはどうやら私がいるか否かそしてカナがいるか否かによって四通りのパターンがあってなおかつ私にとってのそれとカナにとってのそれは独立に変化するわけだからガラスに映し出される世界のパターンは全部で四の二乗の十六通りあることになる。そしてどうやらどのガラスにどのような世界が映るかは時と場合によってデタラメに変わってしまうようだ――私たちは同じガラス窓の前を何回か通り過ぎてみたが時によってそこに映る世界は同じこともあるし違うこともあってどちらかと言えば違うことの方が多い。でもそんなことよりもっと怖いのはさっきみたいに私たちのうちのどちらかがそのガラスの向こう側の世界に行ってしまうことでそれがいったいどういうときに起こるのかがさっぱり分からないので私はカナがふっと消えてしまうのが怖いしカナもまた私がふっと消えてしまうことをとても恐れていて私たちは絶対に互いの手を離さないようにきつく握りしめ続けている。

マンションの入口に来るがオートロックは動いていないので私たちはガラスのドアをぶち破ろうとするけれどガラスは相当に頑丈で足で蹴飛ばしたくらいではびくともしないし前庭に置いてある椅子や石を投げつけてみても何の効果もなく私たちは前庭の椅子に座り込む。

「非常口ってないの?」とカナが言う。

「あるんだけど……鍵を持ってないんだ」

「じゃあマユミどうやって入るつもりだったの?」

私は返答に困って口をつぐむ。

「あっごめん責めるつもりじゃ……」

正直なところ私はどうやってマンションに入るかなんてぜんぜん考えていなくてとにかく家まで辿りつけば何とかなるだろうってことしか考えていなかった……ここまで来れば誰か同じ階の人と会うかも知れないしお母さんに会えるかも知れないと思ってひたすらこ

こまでやってきた。でも周りには本当に誰もいないしガラスを破るような道具を見つけない限り私たちがなかに入れないことは明らかだ。

「マユミねぇ気悪くしないでマユミ」

「うん大丈夫」と私は答える。「私の方こそ何の考えもなくただ家まで来れば大丈夫って思い込んでたんだから……何かガラスを破れるような道具を見つけなきゃ」

「尖ったものとか固いものとか？」

「そうね。コンビニに行けば何かあるかも知れない。でもまずは念のために非常口を見に行こう。そこから入れるに越したことはないよ」

「だね」

　私たちがタワーマンションの裏手にある非常口に回ってみると扉は開いていなくて結局入ることはできなくて近くのコンビニに行こうと歩き出すとカナが「なんかお腹減っちゃったな朝何も食べてないし」と言うが私は何も食べ物を持っていない——本当に？——ので「そうだねコンビニで探そうよ」と答え私たちがマンションの前の横断歩道を渡り細い路地をくねくね歩いてローソンの前まで来たときに私は再びぶおおおおんというプロペラ音を聞いて立ち止まり空を見上げて横断歩道のど真ん中に突っ立っているとぐおおおおんともの凄い爆音と共に灰で出来た雲を切り裂いて一機の戦闘機が地表すれすれのとこ

ろまで急降下してくるので私たちは手をつないだまま夢中でローソンのガラスの割れた自動ドアを体当たりするようにしてくぐって建物のなかに身を隠そうとする。それからまた何機もの戦闘機がやってきたようでどだだだだだだだだとマシンガンをぶっ放し続けて暴れているので私たちはカウンターの後ろまでずりずりと這っていってそこで抱きしめあって震えている——あの戦闘機はいったい何のためにこんなところで空中戦を繰り広げているのだろう？——建物はどしどしと振動し天井からぱらぱらと壁材が落ちてきて埃っぽいので私は抱きしめたカナの肩のあたりに口を押しつけてその粉塵《ふんじん》を吸わないようにする。

やがて戦闘が終わると私たちは顔を上げてカナがひっくひっくと泣いているので私は何度もカナの髪を撫でてやりそれから「さぁ店のなかを探そう」と言って立ち上がるが店内の食べ物はことごとく略奪《りゃくだつ》されていて残っているものは文房具や下着や化粧品や雑誌それからいくらかのアルコールくらいで店の奥を見て回ったけれど食べられそうなものは何もなかった。

「私お腹減ったよマユミどうしよ何か飲みたいよ」とカナが言うので私は「とにかく私の家まで行こう。何かガラスを破れそうな道具はない？」と尋ねるとカナは「奥に脚立《きゃたつ》あったよ」と答え「それをぶつけたら割れるかもね」と私は言って私とカナはその二メートルくらいある脚立を二人で運び出す。空腹のせいかカナは少しかりかりしていて「どうしてこんなことになんでひどい」とぶつぶつ文句を言い始めるが私はそれにどう答えて良いか分からず黙っているがやがてカナが「アヤノはいま何してんだろ？　アヤノあいつこの辺に住んでたんじゃないかな」と口走るのを聞いて立ち止まってしまう。

「マユミ？」と前を歩いているカナが立ち止まり不機嫌そうな顔でこちらを見るので私は口を開けたり閉じたりして何か言おうとするが言葉が出てこなくてカナは首を傾げて「行こう早く」と言うので私はしぶしぶ頷いて歩き出すが同時にアヤノが体育館の前で飛んできた鉄骨に頭を——そう頭をかち割られ頭蓋骨をぐしゃぐしゃにされながらグラウンドに倒れて血まみれになったその様子を思い出してどうしてカナはアヤノが死んだことを憶えていないのだろう？　と考えひょっとしたらカナは色々なことでショックが重なって何が現実で何がそうでないかが分からなくなっているのかも知れないという疑いを抱く——それはまったく無理もないことでいきなり空が光って爆音がして空が灰に覆われ灰が降ってきて戦闘機があちこちからやってきて空中戦を繰り広げ変な化け物が人間に襲いかかって肉を食べちゃうんだから——しかし何となく釈然としないのはカナはどう見てもそれほど精神を病んでいるようには思えないからでお腹が減って機嫌が悪くなるのはいつものことだし機嫌が悪くなるだけの元気がまだ残っているということでもあってカナがアヤノが死んだことを忘れているとは考えにくい。そしてもしそうなのだとすれば考えられる可能性は一つしかない――カナの世界ではアヤノは死んでいない。

6

ガリバリガジャラーンとガラスを盛大に割って私たちはタワーマンションへ侵入するが電気が止まっているので警報が鳴ることもなくエレベーターホールを抜けてその先にある非常階段で私の家がある二十階を目指して歩き出す。私は階段をのぼりながら右肩にかけた私の学生鞄――私はいまそのバッグを持っている――を開いて学校でかき集めたクッキーを取り出し「ほらこれ食べる？」と言ってカナに手渡すと前を進んでいるカナは「ありがと」と小さく言うとすぐにパッケージを開けてそれを口に詰め込んで息を切らしながらもぐもぐしてすぐに食べ終わるとゴミをシャツの胸ポケットに突っ込んでから「昨日はちょっと食べただけでお腹いっぱいになったんだけど何か朝になったらすっごいお腹減ってさ。マユミはお腹減らないの？」と言うので私は「さっき学校で置いてあったのを食べたから」と答えて首を振る。

二十階に到着する頃には私たちはぜぇはぁ言っていて私が私の家の前まで来る頃には早く自分のベッドに寝転んでゆっくりしたいという思いが募っていて私が鍵を開けると家のなかの様子は特にいつもと変わりないようで荒らされた形跡《けいせき》もない。鍵を閉めチェーンロックを掛けると私は「お母さん」と声を出すが反応がない。お母さんお母さんと言いながらあちこちのドアを開けて回るが3LDKのマンションのどこにもお母さんの姿はなくてお母さんどこ行ったんだろうと思うが疲れているのでそれ以上何かを考えたり行動したりする気力がなくて私は私の部屋に入って鞄をその辺に投げ出すとベッドにばたんと倒れ込み天井を見上げる――毎晩毎晩私が見つめてきた天井はいまこの瞬間も何の変哲もない普段と同じ天井として確かに存在している。

私は寝転んだまま「カナ?」と呼びかけるが返事がないので何度も名前を呼んでひょっとしたらカナがまたどこかへ消えてしまったのかも知れないと不安になるがすたすたと廊下を歩く音が聞こえてきてカナが開けたままのドアを通って私の六畳の部屋に入ってくる。

「マユミ」とカナが私の名前を呼ぶ。

「カナ」と私がカナの名前を呼ぶ。「ねぇカナ私すごく疲れてたみたいで……なんだかちょっと眠くなってきちゃった」

「そうよね少し眠ったら? 鍵も閉めてあるんだしここなら安全だしね」

「うん。そういえばキッチンに何かあると思うから食べてもいいよ」

「ごめんいま勝手に調べちゃった。お茶とかビスケットとかポテトチップスとかいっぱいあったよ」

「お腹減ったら食べてね。あと私の鞄のなかにも学校で配られたクッキーがけっこうあるから」

「ありがと。でもいいよマユミが食べるときに一緒に食べるから」

「遠慮しなくていいのに」

「食べ物は貴重だから私が勝手に食べるのはダメだよ」

「うん。分かった。とにかく私は少し眠ろうかな」

「ねぇマユミ」

「何？」

「私も寝ていい？」

「いいよ。お母さんの部屋のベッドかリビングのソファーに……」

「ううん。マユミと一緒に寝たい」

カナはそう言って私を直視するので私は何だか恥ずかしくなる。

「あうんいいんだけど……どうして？」

「それは……」とカナは私から目をそらし俯き加減になって「寝ているあいだにまた別々になっちゃったら怖いから」

「そうだね」と私は頷く。「じゃあここに来て」

私が壁際の方に身を寄せるとカナがやってきて私の隣に横たわり私の方を向く。こうして至近距離でカナの顔を見るとやっぱりカナは可愛いなと思う。

「可愛いね」とカナは言う。「近くでみるとマユミいつもより可愛い」

「そんなことないよ」と私は言う。「カナも可愛いよ」

ぷっとカナは噴き出して天井を仰いで「何だか可笑しいね二人で可愛い可愛いって」と言って上半身を起こし髪を結わえていたゴムを外しポニーテールが崩れて肩にかかるくらいのミディアムヘアになりカナはくいっと首を振ってその髪を後ろへ払いのける――私にはその仕草がどことなくセクシーなものに感じられて私はカナっていつの間にこんなに大人っぽくなったんだろうと考えながら「たしかに」と答えカナと同じように天井を仰いで目を閉じる。

「じゃしばらく休もうか」と言ってカナは再び上半身を寝かせて仰向けになる。私は「うん」と小さく答え目を閉じる――隣ではカナも同じように目を閉じゆっくりと静かな呼吸を始めるのが分かる――そのすーはーすーはーという音は私を落ち着いた気持ちにさせ私もカナの呼吸にあわせてすーはーと深い呼吸を繰り返してそのうちに眠くなってくる。カナの左手が私の右手を触ってくるので私はカナの左手を握り返す——もう二人が別々の世界に迷いこんでしまわないように私はその左手を強く握りカナもまた私の右手を強く握り返し私たちはまどろみのなかで不思議な親密さを味わっている。私は半分眠ったような状態でぼんやりとカナの手のひらから伝わってくるカナの温度を感じ続けているがそのとき急にもっともっとその温かさに包まれたいという思いがじわじわとこみ上げてきて私は体をねじってカナの体に抱きつく——右脚を軸にして下半身を九十度回転させカナの両脚の上に自分の左脚を乗せると今度は右腕を軸にして上半身を回して左腕をカナの胸の上に乗せそれから窮屈になった右腕をカナの首の下あたりに通して腕枕をするみたいな格好になる。全身がぽかぽかしてきて頬は火照《ほて》っていて私は何だかよく分からないままその狭いシングルベッドの上でカナの体に夢中で絡みつき左脚を左腕をゆっくりと動かして無意識のうちにカナの体をさすりだしている。カナはすーはーと落ち着いた呼吸をしながらうんうんと小さく唸って私の方に顔を向けたようでカナの湿った吐息が私の閉じられた瞼《まぶた》に吹きかけられて瞼の周りが熱くなる。次第にカナも両腕両脚を動かし始め私の方を向いて私たちは正面から絡みあって激しく抱きあっていてすーはーという柔らかな呼吸は徐々に熱気を帯びてふーひーという音に変わり私は指先でカナの髪をいじくり回しカナは私の左頬に自分の右頬をすりつけてきて私は堪らず「あっ」と声を出すが目は閉じたままでカナの温かさを存分に味わっていてカナもまた私にぴったりくっついてごそごそすりすりと体を私に押しつけてくる。私はカナの首筋に鼻をすりつけてその汗の匂いを嗅いでいるとカナも私の耳の裏あたりに鼻を押しつけてきてやがてそこを舐め始めるので私は「ダメ」と言うが逆らいきれずにカナに舐められるままになりカナは耳の裏から首筋にいたるまでをゆっくりと舐めてきて私は堪らなくなって自分も舌を出してカナの口元にそれを持っていくと私の舌はカナの舌と空中で触れあって私は全身が痺れてしまうような感じになって頭のなかが真っ白になったままカナの舌にしゃぶりつくとカナも私の口に吸い付いてきて私たちは何度も何度もキスをしてお互いの唇や舌を吸いあっていてその間にカナの手は私の制服のシャツのなかに入ってきて私のお腹や背中を触りはじめて私はたくさん汗だくになりながらカナのシャツのなかに手を入れてカナの背中を触りそれを私の方へぐっと引き寄せるとカナはうっと呻いてからはぁはぁと荒い呼吸をしながらもっと激しく私の唇を吸ってくる。私の部屋のなかでは私たちがキスをする音が響いていて私はぼんやりとその様子に身を委ねながら曖昧な温かさを全身に感じている。降りそそぐ灰が私たちの髪や肌や服を汚していたけどその灰は何の匂いもなくまた粘つくこともなくさらさらしていて私がカナの肌についているそれを舐めてしまったときでも変な味はせずにただ小麦粉を舐めているようで私たちはお互いの肌とその肌についた汗や灰を一緒くたに舐め合っている。それでも眠気は引かず瞼は重く私はカナと抱きしめ合いながら頻繁《ひんぱん》に眠ってしまいそうになりひょっとすると私は実際に眠りながらカナと絡み合っているのかも知れない。私はいま自分がどこにいて何をしているのかが全然分からなくなってとろとろの葛湯みたいな液体のなかにふわふわ浮かんでいて見えるものはうっすらとした白いもやのようなものだけで聞こえるものはがさごそというくぐもった音とふぅはぁという呼吸音だけで皮膚は熱く熱く焼けただれるようでこめかみのあたりやお腹の下の方がときどきずきずきと疼《うず》いてもっと熱くなって私はとにかく何かと一つになりたいぐしゃぐしゃになってしまいたいと思い始めていて私の体はもう私の意識とは関係のないところで動いていて熱くて柔らかいなかでもがいて感じて何もかもを私を取り巻くこの優しい感覚へと投げ出してすべてを放り出して——自分のすべてをどろどろに溶かしてこの葛湯のなかへとわぁぁぁっと広がってゆきたいと思っていて熱くて熱くて私はきっと何回も何回も悲鳴だか笑い声だか分からないような声にもならない大きな声を上げてカナと混じり合おうともがいている。私にはもうどこまでがカナでどこまでが私なのかよく分からなくなっていたけれどカナが私の熱くてとろとろしているところに触れてそこをかき乱すと私はびくびくと痺れてあああああと声を出しながら力が入っているんだか抜けているんだかも分からないようななかでもっと強くカナを抱きしめてカナはもっと激しく私をぐしゃぐしゃにするから私は訳が分からなくなってそのうち私は泣きまくっていて涙がいっぱいでていて熱くて仕方がない瞼のあたりが少しだけすーすーしてきて潮が引いたような感覚があってふぅひぃと息をするとまたきぃぃぃぃぃぃんと波が押し寄せてきて私は悲鳴を上げてカナにすがりついてその波は何度も何度も引いては寄せてきて私はそれに呼応するようにカナをぎゅぅぅぅぅぅと抱きしめてはだらっと脱力してそういうことを何度も繰り返しているうちに私もまたカナの体のあちこちに自分の手足を這わせカナにしゃぶりついてぐちゃぐちゃになってカナも何度も何度も叫び声を上げて私たちはもうどろどろになって溶けてなくなってしまいそうになっていて熱くて熱くてたまらなくてそのうちカナが私をもっともっと激しく揺さぶるから私はほんとうに訳が分からなくなって全身をびくびくさせてがんがん頭を殴られたような感じになって気を失いそうになってそのうち血の気が引いてきてやたらと冷たくなってきて怖くなってぶるぶる震え始めて膝ががくがくして指先がかじかんできて唇はひんやりと硬くなってきてああもうダメだああもうダメだという言葉が脳内を巡り巡ってやがて意識を失ってしまう。

7

目を醒ますと隣にカナがいないので私は目をこすりながら「カナどこ?」と言うが返事がないのでもう一度「どこー?」と言うけれどやはり何の返事もないから重たい体を起こして部屋から出てリビングの方に行くとがさごそ音がするのでカナが何か食べ物でも探しているんだろうと思ってみるとキッチンの暗がりのなかにはお母さんがいる。

「お母さん!」と私は言う。「無事だったのね!」

「起きたのね」とスーツにメガネ姿のお母さんは言う——いつものようにピンと背筋を伸ばして立っているお母さんはいつものように髪をアップにしていつものように小さなダイヤの埋め込まれたピアスをつけていていつものように綺麗だけど頬に灰がついている。

「えっと……マユミ……どうしたのその格好?」

お母さんの目線を追っていくと私が着ているボタンの外れた灰まみれのワイシャツのな

かでブラジャーが中途半端に外れて乳首が見えている。私はさっと胸元を隠してお母さんの方を見て「えっとその胸が苦しかったからブラジャー外して寝てたの」と言ってははと笑うがそのとき私のホックが外れたままになっていたスカートがすとんと床に落ちて私のずり下がったパンツが丸見えになるので私は夢中でスカートを拾いパンツを上げて全速力で部屋にダッシュする。お母さんはもう何も言ってこない。この状況からするとお母さんは私が眠りながらマスターベーションしたとでも思っているのだろうしそれは私にとってはむしろ好都合なことかも知れない。お母さんはどちらかと言えばセックスについて開けっぴろげに話す性格だし普段から恋愛の話だってしているにしてもカナと私がさっきやったことを知られるよりは私がマスターベーションしていたのだと誤解された方が現時点では面倒が少ないような気がする。

私は部屋のドアを閉め——すると窓のない室内は真っ暗闇になる——シャツをいったん脱ぎ捨ててからブラジャーをつけようと思ったけれど何だかこんなところでいちいち制服を行儀《ぎょうぎ》良く着直すのが馬鹿みたいになってブラジャーを部屋の隅っこ——かどうかは暗くてよく分からないけど明後日《あさって》の方向——に投げ捨てスカートもパンツも全部脱いで真っ裸になってベッドの上に転がる。私はベッドにまだカナの匂いが残っているような気がしてくんくんと匂いを嗅いでみるがそこについているのが私の匂いなのかカナの匂いなのかあるいはシャンプーやコンディショナーやヘアスプレーの匂いなのかよく分からない。私は私の首筋や乳房や股間に触れてほんの少し前にカナがそこに触れたであろう感触の名残《なごり》を確かめようとしたけれどもそこにはカナの指先や舌の感覚が残っているようには感じられず私は溜め息をつく。

カナはいったいどこに行っちゃったの？　またガラスの向こうに消えてしまった？　ずっと触れあっていたとしても否応なしに私の世界とカナの世界は切り離されてしまうってこと？　私はカナがいなくなったことについて不安を感じていて頭のなかではいくつもの疑問がぐるぐると巡り始めているけれどもその一方でなぜだかカナがいなくなってしまったことそれ自体に対する現実味がいまいち感じられないでいる――私の部屋のなかにはもちろん鏡やガラスはあるけれどそんなことを言ったらこの世界には無数の鏡と無数のガラスがあってそれ以外にも光を映し出す物質なんて本当に無限にあるのだからそれらすべてが私たちの世界をばらばらに切り離してしまう可能性があるとするならいったい私たちはどうやって互いにつながればいいのだろう？

お母さんが私の部屋の前まですたすたと歩いてきて「ねぇマユミお腹減ってない？　お母さん外で食べ物取ってきたから遠慮しないで食べてね」と言うので私は「うんありがとう」と大きな声で答えるがその答えを聞いてもお母さんはドアの向こうに立ったまま動か

ないので「お母さんは仕事中だったの？　大丈夫だった？」と尋ねると「ねぇマユミ入ってもいい？」と言ってお母さんはがちゃっとドアに手をかけて真っ裸の私はまずいと思って「あっちょっとそれは」と叫んでいますぐドアのところまで飛んでいって鍵を掛けたいと思ったけれど時既に遅くドアはガバッと開いてそこから差し込む淡い光のなかからお母さんがするりと入ってきて薄暗がりのなか真っ裸でベッドに寝ている私を黒縁のセクシーなメガネを通じて直視する。

「お母さんちょっと私いまちょっと着替えようと思ってたところで」と私が言うのにも構わずお母さんは私のベッドの真横まですたすた歩いてきてしゃがんで私の顔をじろじろと見つめてはぁっっっっと深い溜め息をついて項垂《うなだ》れ一瞬の沈黙のあとに裸の私に抱きついてきてうえっくうえっくと泣き始める。

「マユミぃ……ああっ……マユミマユミ……うっく……えひっく……」

あっお母さんああお母さんと私は何を言ったらいいか分からずただベッドに上半身を起こした状態でお母さんの涙と吐息をお腹に浴びている。お母さんからはほんわかと香水の匂いが立ちのぼってきてそれと一緒に変な違和感が私のなかに芽生え始める——こうして家でお母さんとちゃんと会えたのはすごく嬉しいことでほっとするような気がするけれどでもやっぱりおかしい——そもそもお母さんはいったいどうやってこのマンションに入ってきたのか？　帰ってきたときには家は留守だったし私はたしか玄関のドアにチェーンロックを掛けたはずでそれにも拘わらずお母さんがいまこのマンションのなかにいるということは私が寝ている間に誰かがそのチェーンロックを開けたはずだけれどその場合にあのチェーンロックを開けられる人間と言えばカナしかいない――そしてそのカナがここにいないということはカナは玄関のチェーンロックを開けてそこから出て行ったということになる。でもこんな危険な状況なのにどうして？

私はカナがここを出るときに鍵を持っていったかどうかが気になってしょうがなくなりお母さんを抱きかかえてベッドに座らせると私はベッドから降りて部屋のドアを目いっぱい開けて光をできるだけ取り込むと床に投げ出された大きなスポーツバッグを――えっ？――持ち上げるがそのスポーツバッグは学校でたまたま見つけて水と非常食のクッキーを押し込めたものだからそのなかには当然私の家の鍵が入っているはずがない。バッグを開けて中身をがさごそいじっても出てくるのはおぞましい量のクッキーの袋とペットボトルの水だけだ。でもたしかに私はこの家に入るときに鞄のなかから家の鍵を出してそれで玄関のドアを開けたはずだ――いや違う私の通学鞄はたしか学校の体育館が爆発してアヤノが死んでしまったときに――そうだアヤノは死んでしまったはずなのにカナは「アヤノはいまどうしてるんだろう？」って言っていた――どこかへ吹っ飛んでいってしまってそれ以来一度も見かけたことがないはずなのにどうして私は鍵の掛かっていたはずの家のなかに入っているのだろう？

　全裸で床の上に這いつくばる私にお母さんは「マユミ……ひっく……なにしてるのそんな……ひっく裸で」と声を掛けるが私にはその声はとても遠くから響いてくるように聞こえていま自分の後ろにいるお母さんは本当に私のお母さんだろうかと思って背筋が寒くなる――それでもいまここにいるお母さんは声も見た目もそのセクシーさや涙もろさも確かに私のお母さんに違いないはずだしそれすら信じられなくなったら私は本当におかしくなってしまいそうな気がして私はお母さんの隣にちょこんと座ってメガネをずらして涙を拭っているお母さんの顔をまじまじと見つめて言う。

「お母さんどうやってここに入ってきたの？」

「えっ？　……ひっく」

「鍵を開けて普通に帰ってきたの？　それとも玄関開いてた？」

「えっと……っく……そうじゃなくて」とお母さんは頭をぶるぶるぶるぶる振ってそれにあわせてアップの髪がぐおんぐおんと揺れる。

「そうじゃない？」

「あ……ううんそう……えっく……普通に鍵を開けて入ってきたわ」

「それ本当？」と私が鋭い声で聞き返すとお母さんはまた首を振る。

「じゃあ本当はどうなの？　何で嘘つくわけ？」

「うわぁぁぁぁぁぁぁん」と叫んでお母さんは口を開けてよだれを垂らしながらだらしなく泣き始めてしまうので私はああもうと苛立ちを隠せない声を上げる。

「ねぇ！　お母さん！　しっかりして」

私はお母さんと鼻と鼻とが触れあうくらいの距離にまで顔を近づけお母さんの両肩をつかんで揺さぶってそれでもお母さんはわんわん泣きじゃくるので軽くお母さんのほっぺたをぺちぺちして「私の目を見て！」と叫ぶとお母さんはひくひくしながら頑張って目を開けて私の方を見る。するとドアから間接的に差し込んでくる光がお母さんの瞳とメガネを曖昧に輝かせそこに私自身の姿が映る——私はお母さんの両目とお母さんのかけている黒縁眼鏡の二つのレンズの合計四箇所に宿《やど》っておりその存在に気付いた私はぎょっとしてお母さんに問いただすべき言葉を失ってしまう。お母さんの瞳とメガネに映った四つの私はすべていまここにいる私と同じように眉間に皺《しわ》を寄せながら口を小さく開けて苛立ちと呆《あっ》気《け》にとられた気分とがない交ぜになった微妙な表情を見せているがやがてお母さんの右目——いや私から見て右だからお母さんの左目だ——の私は苦笑いを浮かべており右目の私はがっくりと項垂れ左のレンズの私は口を尖らせながら頭を抱えていて右のレンズの私は……全裸のカナと抱き合いながら不安そうにこちらを見つめている。私は気分が悪くなって両手をお母さんの肩から外して無意識のうちにお母さんをどんと突き飛ばしてしまう。

「いやぁっ」と呻いてお母さんはベッドにどさりと倒れると両手で顔面を覆って「うぅ……えっく……うわぁぁぁぁぁぁん」と嗚咽を続ける。しばらくして少し気分が落ち着いたお母さんはぼそりと呟く。

「ユミコが死んだの」

8

「お姉ちゃんが……」と私がお母さんの方を向くとお母さんはまた激しく泣き始める。私のお姉ちゃんが死んでしまった？　私はお母さんの言葉をいまいち素直に信じることができないけれどもこうしてお母さんが泣いているのが何の根拠もない妄想であるようにも思えないからやっぱりお姉ちゃんは死んでしまったのだろうか？　私はお姉ちゃんのことを色々思い出そうとしたがここ最近お姉ちゃんは全然家に帰ってきていなかったし帰ってきたとしても真夜中でロクに話もしなかったからいったいお姉ちゃんが何をしてどのような人生を送っているのか私にはよく分からなかった。昔からお姉ちゃんは私とあまり口を利いてくれなかったしかといって私を嫌っていたわけでもなくって私たちはただとにかく何となく互いに関わり合うことが少なかった。私は音楽を聴いたり本を読んだりそういうのが大好きだけどお姉ちゃんは音楽なんてそのときそのときに流行っている洋楽ポップスを

――例えばマライア・キャリーやブリトニー・スピアーズやレディー・ガガなんかを――つまみ食いするだけでしかもヘッドホンやスピーカーはひどいものを使っていてよくあんなもので音楽が聴けるなと私は思うし本なんて少女漫画をちょっと読んでいただけで活字は全然ダメみたいでそんなお姉ちゃんがどうして勉強ができるのかさっぱり分からない。私が三島由紀夫を読んだと言ってもお姉ちゃんは三島を知らなくて話にならないし実際のところお姉ちゃんは太宰治も夏目漱石も知らなくてたぶん村上春樹の名前くらいは知っていると思うけど読んだことは一度もないはずなのにそれでも成績だけはよいお姉ちゃんのことを私はあまり好きじゃなかったしお姉ちゃんも私みたいに家で本ばかり読んでいる女の子なんてタイプじゃなかったんだろう――バイトして稼いだお金をひたすら服や化粧品に使い休みになれば友達とグアムとかハワイとかに行ってバカ騒ぎしているお姉ちゃんには教養もないし品格もないしあるのはただ自意識過剰のナルシシズムだけでそれでもあれだけ勉強ができて見た目も綺麗なら誰もお姉ちゃんに文句なんて言わないだろうしそれどころかお姉ちゃんのことはみんながちやほやするのだ。お母さんは部屋を不潔でぐちゃぐちゃなまま放置しているだらしないお姉ちゃんをいつも叱っていたし私もお姉ちゃんを煙たく思っていたからお姉ちゃんは口うるさい家族なんて大嫌いになってそれで家に帰らなくなったのかも知れない。

こうしてお姉ちゃんが死んでしまったのだとしても私にはそれがどういうことなのかいまひとつ実感が持てなかった——死んでしまったことそれ自体は悲しいことなのかも知れないけれど具体的に私の生活がそのことによってどう変わるのかと思うとあまり変わらないような気がして私にとってお姉ちゃんの存在はいったい何だったのだろうと考えても何も思い浮かばない。お母さんはお姉ちゃんが死んだと言ったけどどうしてお姉ちゃんが死んだことをお母さんが知っているのか気になるけれどお母さんはわんわん泣いていて話ができそうにないし実際のところ私はお姉ちゃんが死んでしまったとしてもまだそのことについて差し迫った感情を抱くまでにはなっていないしひょっとしたらこのままどんな具体的な死の実感を抱くこともないまま時が過ぎやがて私も死んでしまうのかも知れない。

遠くの方からぶおおおおおおおおんと戦闘機の音が聞こえ——その音が戦闘機の音であることに私はすぐに反応できるようになっている——私は部屋を出てリビングの大きな窓から外を見ると渋谷の街のかなり低いところを何機もの戦闘機が飛び交って銃弾を放っていてぱぱぱぱぱぱぱぱっぱぱっぶぃぃぃぃぃぃぃぃんと乾いた響きがあってそのうち一機がこちらに向かって進んでくることに気付いて私の膝ががくがくし始める。

「お母さん！」と私は叫んで全裸のまま私の部屋へと駆け戻って私はベッドの上で泣いているお母さんを起こして逃げようと思うがお母さんがいないので私は一瞬フリーズしてそ

れから玄関へ向かうが鍵は閉まったままで誰かが出ていった形跡はなくそのときどごごごごおおおおおおおぉぉぉぉんと猛烈な音と振動があってマンションがぐわんぐわんと揺れるので私は廊下に尻餅をついてしまい――フローリングの床が直接お尻にぶつかって痛くて冷たい――何とか立ち上がってぱらぱらと天井から落ちてくる粉塵を浴びながらリビングに戻る途中に洗面所の鏡をふと見やるとそこには裸の私とお母さんが映っている。「お母さん逃げて！」と私は洗面台の前に立って俯いている鏡のなかのお母さんに向かって言うがその声はお母さんに届いていないらしくお母さんはぐわっと顔を上げると洗面所を出て私の体のなかを通り抜けてリビングへ歩いて行く。

「お母さんお母さんどこにいるのお母さん！」と私は必死で叫んでリビングのなかを動き回って声を出すがお母さんの体は見当たらないし息づかいも感じられずあちらこちらのガラスを見て回っているとときどきお母さんがそのなかに映ってその度に私はお母さんが映ったガラスに手を突っ込もうとするがガラスは硬くて頑丈で私はそのなかに入ることができずお母さんお母さんあああぁぁぁぁぁと喚くばかりでそうしているあいだにもどだだだだだだだだだと機関銃が撃たれてそのうちの何発かがリビングのガラスをぱしゃーんと割って私は腰を抜かして床にへたりこんでぐらぐらと揺れ続けているマンションが折れてしまうのではないかと思って折れませんように折れませんようにと何度も祈願してマシンガン

の銃弾に中心を射貫かれてしまったソファーの上にあるお姉ちゃんがどこからか持ってきて飾ったサルバドール・ダリの「記憶の固執」のコピーを見つめながら私はマンションの鉄骨が軋《きし》むぎぃぃぃぃぃという不吉な音を聴く――いますぐにでも服を着てマンションから出るべきだろうか？　ここには食べ物があるし外を歩き回るよりはいくぶんか安全だと思っていたけれど戦闘機が宙を舞っている状況ではそうとも限らない。せっかくカナやお母さんと再会できたのに二人ともまたガラスの向こうに消えてしまって私は結局ひとりぼっちになってしまってお姉ちゃんもいないしアヤノは死んじゃった――カナはアヤノが死んでいることを知らなかったけれど――私はそのときユースケのことを考え始めユースケは無事なのか無事だとしたらどこで何をしているのかと思うと心臓がばくばくし始めいても立ってもいられなくなる。ユースケに会いたいしいつもしているみたいに頭を撫でて抱きしめて欲しい――ユースケの家はここからそう遠くはないし学校も広尾だから歩いて行けないわけではないけれどユースケだって家や学校にいるとは限らないから無闇《むやみ》に探し回っても会うのは難しいかも知れない――私はそのとき私たち高校生が毎日ただ家と学校を往復して暮らしていることを奇妙に思う――この一周四万キロメートルの地球上で塀に囲まれた学校と狭苦しい家を毎日毎日ただ往復して暮らしているだなんて絶対におかしい。世界がどんなに広くても宇宙が無限に広がっていっても私の生きている範囲は本当に狭くて小さくてお母さんが買ったこの立派なマンションだって広さにしてみればたぶん一〇〇平方メートルもなくって学校の敷地と通学路の面積を足したって地球の陸地全体からみたらゴミかす程度のものにしかならないんだ——だとしたらこの果てしない大地を彷徨《さまよ》っているユースケを探すのにゴミかす程度しかない狭い範囲を探すのはあまりにも効率が悪いような気がしてくる。いざ学校が学校として機能しなくなり家が壊れてしまったら私たちは食べ物や安全な寝床を探してあちこちを移動して回るだろうしそうなってしまったらもう家とか学校とかそんな概念はほとんど意味がない——生存のために動き回る人間にとって大事なのはそんなものではなくて差し迫った欲求を満たすことだけではないかしら？　そしてもし家や学校が無意味なものになってしまっているのならばユースケはいったいどこで何をしようとするだろう？　ユースケは頭が良くてしっかりしているからきっとうかつなことをして危険に身をさらすようなことはなさそうだ——むしろ一番の問題はいまユースケが存在している世界はいま私が存在している世界と同じではないかも知れないということでお母さんもカナも——そしておそらくアヤノやその他多くの人たちも——ガラスや鏡の向こうの世界を行ったり来たりしていて現れたり消えたりしているのだからユースケだけが例外というわけにはいかないはずだ。

私は床に散り散りになったガラスの破片を手当たり次第に持ち上げ色んな角度に動かし

てみるとそのうちのいくつかには私がまた別のいくつかにはお母さんが映りさらにもっと別の破片にはカナが映りそれらの破片のうちのいくつかには私とお母さんがまた別のいくつかには私とカナがそしてもっと別のいくつかにはカナとお母さんが映りさらにそれらの破片のうちのいくつかには私とお母さんとカナの三人が映っている——はずだけれどそこで考えられる順列組み合わせの世界をすべて網羅《もうら》することは私にはできないしそんなことをしたところで私がいま現在所属している世界がどうにかなるわけではないと思った私は持ち上げた破片を力いっぱい銃撃で割れた窓から投げ捨てる——私が投げ捨てたガラス片はビルの群れに吸い込まれて消えてしまいその代わりにどこからともなく灰が舞い降りてきてゆらゆらと窓から入ってきてリビングの床を覆う。

いつの間にか戦闘機たちはいなくなっていて街はとても静かであるように感じられ私は肌寒くなって部屋に戻ってタンスから下着を出して身につけジーンズを穿いてポロシャツを着る。机の上に置いてある手鏡を取って覗き込むとそこにはすっぴんの私の顔が映りその後ろにはカナがいる——「カナ私の声聞こえる?」と私が言うと鏡のなかのカナはうんうんと頷いて不安そうな顔をしている。

「カナはこっちに来ることができる?」と言うとカナは首を振って何やらぱくぱくと口を動かすが音が聞こえないので私は「ごめん声が聞こえないんだゆっくり口を動かして」と

身ぶりを交えて伝えるとカナは俯いて何やらごそごそと動いてしばらくすると紙切れに文字を書いて私に見せてくれる――鏡越しに見たその文字は左右が反転していてとても読みにくかったけれどカナがその紙に書いた文字は「こっちにはマユミいるよ」だったので私はその意味について考え首をかしげ「そっちにいるの？　私が？」と問うとカナはうんうんと頷く――それからカナは鏡に映る私の頬を触ってみせるがもちろん私には頬を触られている感覚はない。つまりいま私のいる世界にはカナはいないけれどいまカナがいる世界には私がいてカナは私に触れることもできる。そうだとするといまここにいる私とカナの世界にいる私は同じ人間なのだろうか？　この私とカナが触れている私が同じ人間だとするならどうして私は異なる二つの世界に同時に存在するのかが分からないしこの私とカナの前の私が別人だとするなら今度はどうしてカナがこの私と辻褄《つじつま》のあった会話をすることができるのかが分からない。一面では私はたしかに私として主体的に生きているけれどその私は同時にまた無数の別世界のなかでも同じ私として生きている――でもそんなことが果たして可能なのだろうか？　ガラスの向こうの世界はどれもその成り立ちが互いに微妙に異なっているのだから仮に私がいまここで両腕をぶんぶん振り回して暴れたとしたら鏡の向こうのカナの体に私の両腕がぶつかるはずだけれどいまここにいる私の周りにはカナはいないのだから私の両腕はどこにもぶつからない――だとすると鏡の向こうの私といまここにいる私が同じ人物で矛盾《むじゅん》することなく存在するのはそもそも無理じゃないかしら？　もし私という人間が無数の別世界のなかで無数の矛盾を抱えながらもあくまで同じ私として生きることができるのならばいまここにいる私は果たして何なのだろう？　それは私と呼んでいい存在なのかそれとも私ではないのだろうか？　本当の私がどこかにいていまここにいる私は実は私ではなくて本当の私のクローンみたいな存在だったとしたら？

私は訳が分からなくなって考えるのをやめてベッドに座り頭を抱えはぁと溜め息をつく。私には訳が分からないことばかりで何をどう考えたってこの現実を正しく理解することはできないような気がするしそもそもいま私が生きているのが現実と呼んでいいものかどうかさえはっきりとはしないしそんなことより大事なことは当面のあいだ命をつなぐこととお母さんやユースケやカナたちと離ればなれにならない方法を探ることだと思って私は立ち上がる。このマンションはまだかすかに揺れているような気がするけれども幸いにして折れることもなくどうにか大地に直立している──さっきの衝撃からするとマンションのどこかの階に戦闘機が激突したのではないかと思うが世界貿易センタービルの二の舞にはならなかったようで私はほっとする──あのとき私は確か小学二年生だった。キッチンへ行ってポテトチップスの袋を取り出した私はリビングのソファーに座りながらぽりぽりと一袋をすぐに空けてしまいそれから冷蔵庫から出したままテーブルに放置していたせいで心持ちぬるくなったクリスタルガイザーを開けて飲むと変な味がする――ミネラルウォーターというのは奇妙な商品でしっかりと冷えているときに飲むと美味しく感じるけれどぬるくなってから飲むと水道水よりまずい。東京の水道水の品質は世界でもトップクラスであるだけでなくその配水のシステムもまた世界に類を見ないほどすごいらしく都内全域の水道を本郷にあるコントロールセンターで管理して分単位秒単位で送り出す水の圧力を変えている――私は校外学習で一度そのコントロールセンターを観に行ったことがあるけれどもＮＨＫの朝のニュースで道路の混雑状況を解説するときに後ろに映るパネルみたいな巨大なコントロールモニターがあってその前にずらっと並んで座って仕事に没頭している水道局の職員たちの姿はとても印象的だ。たかが水道のためにここまで組織的で先進的な仕事がなされているのだ。蛇口をひねれば美味しい水が飲める国は世界でもほとんどないというのにわざわざミネラルウォーターを輸入して飲むというのはどう考えても馬鹿げている。でもこうして水道が止まってしまったいまとなってはお母さんがボトル入りのミネラルウォーターをインターネットで大量に買って備蓄していたことは幸運だ。

何かあったらまたここに戻ってくればいい――私は自分にそう言い聞かせて部屋に戻り通学鞄――私は通学鞄を持っている――のなかから鍵を取り出してそれをジーンズのポケットに入れて――玄関のドアを開けようとした瞬間にどごんとドアに何かがぶつかったよ

うで私はひぃと声を上げて後ずさりする。おそるおそるドアに近づいてのぞき窓から外を見ようとすると再びががんと何かがドアにぶつかり私は腰が引けて外を見ることができない――それからどがんがんばごんごでんとドアにぶつかる音が立て続けに起こってドア全体がぶるぶると震え私はドアの向こうに誰かがいてドアに体当たりしているのだと思うがそれが誰なのかが分からずに怖くてドアを開けることができない。カナやお母さんならいいのだけれど知らない人間が食糧目当てでマンション内を荒らし回っているのかも知れない――マンションの入口のガラスは私とカナが脚立をぶつけて割ってしまったのでいまではこのマンションには部外者が簡単に立ち入ることができるのだ。

　ぐじゃじっじゃあああああぐじゃうじゃぎっだああああというもごもごとした雄叫びのようなものがドアの向こうから聞こえてきて私は学校で生徒の首を刎ねたり押し潰したり肉を抉《えぐ》って食べたりしたあの化け物のことを即座に思い出して背中には大量の冷や汗が噴き出てくる――ばがんだでんどぎんずどっごでんがばとあいつはドアに体当たりしてその度にドアが大きく歪んでこちら側から見ても明らかなくらいの凹《へこ》みがドアの中央部にできてこのままではすぐにドアが壊されてしまうと思った私はチェーンロックがかかっていることを確認してからまず私の部屋に入って小さな棚を持ち上げそれをドアの前に置くがそれではまったく意味をなさないと思った私は私の部屋にある勉強机や椅子を片っ端から持

っていって玄関に詰め込んでいく――それからリビングへ戻って食卓の椅子を持っていきお姉ちゃんの部屋からも椅子や衣装ケースやタンスの引き出しを持っていっては玄関に積み上げて行くが玄関のドアはもうぼこぼこになっていてそのぼこぼこのドアを辛うじてつなぎ止めている金具がみしみしといっているのが分かり私は焦ってお母さんの寝室からも椅子や引き出しを持ち出して玄関に置きまくるとやがて玄関の空間全体が家具に埋め尽くされて何も置けなくなるので私は廊下の幅と同じくらいの奥行きがあるリビングのソファーを引きずって持っていき玄関に積まれた家具にぶつかるまでぐいぐいと押し込む。そしてリビングのソファーの上に考え得る限りの電化製品を置いて重しにする――電子レンジにトースターにテレビにビデオデッキにパソコン本体にディスプレイにプリンターにスキャナにそれからマイナスイオン発生器付き空気清浄機を積み上げていくとその革製のソファーはぎしぎしと嫌な音を立てる。廊下の半分ほどがソファーと家電でふさがれてしまったので私の部屋とお風呂には行けなくなってしまったがその甲斐もあってほとんど外れてしまったと思しき玄関ドアの向こうからぐらぐらぐらりっざぁぁぁぁぁぁという化け物の咆哮が聞こえるが化け物はこちらまで入ってくることができないでいるようで私はソファーにてんこ盛りになった家電のすき間から玄関の様子を窺うがあいつは入ってこない。

化け物の咆哮が聞こえなくなると私はソファーの前に座って下着やジーンズが汗でぐし

ょぐしょになっていることに気がつきよくも自分ひとりでここまでのバリケードを作ったものだと束の間の感慨に耽《ふけ》るがすぐに築き上げてしまったこのバリケードを元に戻す労力を思ってうんざりしてしまう——火事場の馬鹿力でバリケードを作ったところまではいいけれどバリケードを解体するときには火事場の馬鹿力は出ないのだ。

私はソファーもテレビも椅子もなくなり憩《いこ》いの場《ば》としての機能を完全に奪い取られたリビングの中央に辛うじて残っているカーペットの上に大の字になり周囲を見渡す——椅子のなくなった食卓とテレビとビデオデッキがなくなったテレビ台とパソコンやプリンターが取り払われた小さなデスク。ものを置く場所だけは豊富にあるのに置くべきものがない。銃撃を受けて真ん中に穴が開き斜めになったまま壁に掛かっているダリのコピーを見て私は深呼吸をして気持ちが落ち着いてきたところで上半身を起こしカーペットの上であぐらをかいたところできゃぁぁぁぁぁぁぁと悲鳴が上がる。

9

その悲鳴はどこかで聞いたことのある声だったけれどそれが誰の声なのか分からなくて私は立ち上がって玄関へ向かい覗き窓に目をあてるが何も見えないので私はチェーンロックを掛けたまま鍵を開けて少しだけ扉をずらして外を見ると廊下の奥の方で化け物がワンピース姿の女の人に襲いかかろうとしていて私は咄嗟《とっさ》にああああああと叫ぶと化け物はハッとしてこちらを向くので「こっちだよこっち！」と私は挑発してその隙にその女の人は化け物の横をすり抜けて非常階段の方へと走ってゆき化け物はこちらに向かってずんずん進んでくるので私はこのまま家に閉じこもるのはかえって危険だと考えて一度ドアを閉めチェーンを外してまた開けて化け物と私のちょうど真ん中くらいにある非常階段のドアめがけて猛然とダッシュする――クラクラクラクラクラクラクラクラァァァァァとそいつが吠えて私に向かってきて腕から生えた鎌《かま》をぶんぶん振り回すがそれが私に突き刺さる前に私は非

常階段のドアを突破して急いでそこを駆け下りる――螺旋状《らせんじょう》の階段の下の方には先ほどの女の人が見えて私は「大丈夫ですか？」と大声を上げると女の人はこちらに気付いて強く頷く――その顔はどこか見覚えがあるような気がするけれど私には二十代半ばくらいの女の人の知り合いはいないし学校の先生でもないし親戚だったとしたら同じマンションに住んでいて顔見知りでないはずがない。

果てしなく続くように感じられる長い階段を下っていると上からはクラリッリクラリッサァァァと雄叫《おたけ》びが木霊《こだま》していてしばらくは家に戻れそうにないなと思うと私はふと私が火事場の馬鹿力で積み上げた椅子やソファーや家電製品でできたバリケードのことを考えて変な気持ちになる――それはついさっきまで私の家の玄関と廊下の半分を完璧にふさいでいたはずなのにそれはいつの間にか消え失せぼこぼこにされたはずの扉は元通りになっていた――というのは実はただの思い違いか夢のようなもので玄関のドアは最初からぼこぼこになんてなっていないのだし私はバリケードなんか作ってなかったのだとしても話の辻褄は合うけれどもそうだとしたら私はいったい何を信じたらいい？

足がじんじんと痛んできて息が上がってくるので私は階段の上の方を仰いで化け物が私に追いつく気配を見せないことを確かめてから少しスピードを落とす。あの女の人は既に階段を下りきったみたいでいなくなっていて非常階段の広いスペースにはぜいぜいと私の呼吸音だけが響いていて化け物はいつの間にかとても静かになっている——そういえば学校で化け物に襲われたときも階段をのぼって逃げたらあいつは静かになってやがていなくなってしまった——あの化け物はどういう意味があってこんなところを徘徊《はいかい》して人を襲っているのだろうと思う私の視界に階段の終わりが見え私は階段の手すりにつかまりやっとこさ一階に到着するとロビーに出てそれから開きっぱなしになっているオートロックのドアをくぐって外に出る——当然のことながら私とカナが木っ端微塵《こっぱみじん》に叩き割ったはずのガラス窓は元通りになっていてあのとき私たちがオートロックのガラスを割った世界といま私が息を切らして歩いているこの世界が微妙に食い違ったものであることを知っても私はもはや驚かない。無数の互いに食い違う世界の存在はもはや特殊なことでも異常なことでもなくてむしろありふれたことのように私には思える——前を歩いていた女の人がいつの間にか消え失せそれがロビーのガラスに時折ちらちらと映るだけであったとしても私は何とも思わずに灰の降り積もった都市に繰り出してゆく。

外に出てからマンションの方を改めて振り返ってみると最上階付近に大きな穴が開いていてそこから煙が上がっていてそこに一機の戦闘機が追突したであろうことを思わせマンション付近の道路には粉々になったガラス片が散らばっておりそこには幾多の異なる世界が映し出されていて私はそれを覗き込んだり無視したりしながら行くあてもなくふらふらと

彷徨《さまよ》い歩いている——私は靴すらも履いていなくて靴下のままさらさらとした灰の上を歩いているが途中でガラス片を踏んでしまってぐさりと鋭い痛みが走って私はその場にうずくまる。私の左足の裏には短い一辺の長さが三センチメートルくらいの直角二等辺三角形をしたガラス片の先端が突き刺さっていて私がそれをくいっと抜き取ると紺色のソックスに付着した灰が赤黒く染まってゆきどうにかして血を止めないといけないと考えた私はジーンズのポケットをまさぐるが出てきたのは家の鍵——そういえば出てくるときに鍵を閉めるのを忘れてしまったので化け物に家のなかを荒らされているかも知れない——しか出てこないので私は左足に履いていたソックスを脱いでそれを引っ張って足の裏から甲にかけて巻き付けて強く縛って止血帯《しけつたい》にする。

ようやく立ち上がり足を引きずりながら歩き出した私が聞いたのはぎぃぃぃぃぃごぉおおおぅという金属が軋む巨大な音でそれは明らかに私がついさっきまでいたあのマンションから聞こえてくる——その音は次第に大きくなってきてそのうちばぎぼぎがぢどぎという堅苦しい音に変わり何かがあのマンションの内側で砕けているようだ。立ち止まってマンションの頂上の方を見ると噴き上がる黒煙の間でマンションがぐらぐらと揺れているのがはっきりと分かる——そしてその揺れにあわせてばきばきばきばきと何かの折れる音があってそのうちごごごごごごごごごごと地響きが轟き始めて私が「あっ」と声を上げたときにはマンションの地上階付近がぐしゃっと潰れてばりがじゃっどげぐうぇぎゃっと複雑骨折のような音がするので私は崩れる！と脳内で叫んで足もとから崩れ落ちるマンションを眺めて立ち尽くしているがやがて額や頬に生暖かい埃交じりの風を感じものすごい量の粉塵がこちらに迫ってくることに気付くとマンションに背を向けて反対方向に逃げ出す――足を引きずって走る私よりも追いかけてくる粉塵と突風の方がずっとずっと速くて私はすぐに真っ黒な埃に覆われて何も見えなくなり息が苦しくなってげほっげほっと咳き込むけれどその音はめきめきめきめきめきめきどどどどどどどどどどどどぎぎぎぎぎぎぎぎぎぎという壮絶な大音響に完全にかき消されて聞こえずやみくもに走っているとどこかの建物の壁に激突して転んでしまいまた立ち上がって逃げるけれどまた自動車のボンネットにぶつかって倒れほとんどまともに前に進むことすらできなくなって結局私はその場にうずくまり両腕で口と目を覆って何度も咳をしながら事態が落ち着くのを待つしかないけれども次から次へと大量の埃が吹き付けてきてどうしたってそれらを吸い込んでしまい私はむせてしまって喉が痛くて息が苦しくて涙が出てきてもう訳が分からなくなってこのまま私は死んでしまうのかしらと頭の片隅で思いながら路上で手足をじたばたさせてもがいて少しだけ咳が収まるとポロシャツをまくりあげて口元に持っていき裾をぐしゃぐしゃに丸めて口と鼻にあてて埃を吸わないようにすると少しは楽になるけれどそれでも喉全体がず

きずきと痛んで水が飲みたくて仕方がなかったけれど気管に入ってしまった埃は水をいくら飲んでも洗い流すことはできないと考えているとまたむせてしまって立て続けに咳をして息をするたびにぜひーぜひーと胸の辺りが疼いていて私は必死で目をつぶっていてそのうち瞼の筋肉が攣《つ》りそうになって苦しくて苦しくて嫌になってあああああああと叫んでみたつもりがゴミが詰まって壊れた掃除機みたいな音が辛うじて聞こえるだけでまともに声も出せなくなっていてそのとき私は目の奥がずきずきと痛んでいることにようやく気付いて変な埃が目のなかにたくさん入ってしまったのだと思って目を開けて目薬をさしたくなるけれど目を開けるともっとたくさんの埃が入ってくるから開けることもできずでも放っておくと目の痛みはどんどん激しくなるのでぎょえええええぐげぼぉっっと悲鳴にならない悲鳴を上げてじたばたしているうちに体がだるくなってきて痛みや息苦しさにいちいち反応することそれ自体がどんどん馬鹿馬鹿しく感じられてきて何もかもがもうどうでもよくなってどうなってもいいからとにかく物事が早く片付いて終わってくれればそれでいい早く終わって早く私を解放して早く私を早くさっさと早くああもう早くと頭の中がぐるぐるぐるぐるぐるぐると同じ言葉を繰り返しているうちに意識は遠のき私は丸めたポロシャツの裾を口に突っ込んだままどこかへ消えてしまう。

10

　意識を取り戻したとき私の横には誰かがいて私の肩を揺さぶっていて私が目を開けると目が痛くてすぐに閉じてしまい外の様子を見ることができず今度は喉が苦しくなってげほげほげほげほと咳き込んでしまうとその誰かは私の背中をさすってくれてそのとき私はその誰かが女の人であることに気付いて――その人からはどことなく安心するいい匂いがしてくるのだ――咳き込みながら何とか「すみません」と言おうとするがその言葉は「ずみばぜぶ」みたいな変な音になってしまって私が申し訳なく思っているとその女の人は「大丈夫？」と聞き返すので私は頷いて胸元に手を当ててさすり深呼吸をすると胸の奥がずきっと痛んで顔をしかめる。

「埃を吸っちゃったのね」とその女の人は言う。「まだこの辺は埃が立ちこめているからよそに移動した方がいいのだけど……でもあなた足が……」

私は言葉を出せずにただ頷いてみせると女の人は「これじゃ長い距離を歩くのは無理ね。とにかく近くの建物に入りましょう。そしたら多少はマシになると思うよ」と言って私の脇の下に腕を差し挟み私をぐいっと持ち上げて立たせてくれる。ずりずりと足を引きずりながら私たちは歩いているけれど私は依然として目を閉じているので周囲の様子は分からない——ただ一つ言えることはこのあたりが恐ろしく静かだということだけで私たちの足音以外にはどんな物音も聞こえてくることはなくこのずりっずりっという足音さえも漂う灰や粉塵に瞬時に吸い込まれてその空間的広がりを奪われているように感じられる。

どこかの建物のドアを押し開ける女の人の腕の動きが私にも伝わってきてそれからその建物のなかに入ると途端に息が楽になるのが分かる——私はその場に座りこむと口にあてていたポロシャツの裾を外して思い切り息を吸い込むが胸が痛くてまた咳き込んでしまう。

「大丈夫？　ちょっと待ってね」と言って女の人はがさごそと何やら自分のバッグをまさぐってから私の口にパコッと何かをあててきたがそれはどうやらペットボトルのようで「これでうがいして」と言うので私は埃と汗でべとついた指先で蓋を開けてペットボトルを咥《くわ》えて液体を喉に流し込むがすぐにまた咳き込んでしまってうがいどころではなくその液体——お茶か水だろうと思われる——をぶはっと吹き出してしまい目の前で女の人が「ひゃっ」と声を上げるので自分の吹き出した液体が相手にかかってしまったのだと思っ

て私はごめんなさいと言おうとするが「ごめっ……げぼぅ……がはっ」と言葉にならずただぺこぺこと頭を下げると女の人は「いいのよ仕方無いわ。落ち着いてゆっくりやればいいわ」と応答する。私はもう一度ペットボトルの液体をゆっくりと少しずつ喉に流し込んでいきほんのひとくちぶんをようやく注ぎ込むとそれをワインのテイスティングをするように——もちろん私は未成年でワインを飲んだことはないしお母さんがやっているのを見たことしかないのだけれど——転がして口のなかを洗ってから軽くうがいをする。うがいした後の液体をどうしようかと口に含んだままでいると「その辺に吐けばいいわ」と言われるままに吐くとそれが床に落ちるぺちゃっという音がする。その調子で三回うがいをすると喉がうるおって少し楽になったように感じられそれから私は何度か咳をしてようやく言葉を話せるようになる。

「ありがとうございます」と私は言う。「貴重な飲み物をもらっちゃって」

「いいのよ」と女の人は言う。「だってあなた本当に死にそうだったんだもの。足は怪我してるしそれから目も……ねぇ目は大丈夫?」

私は目に大量の埃が入ってしまって痛くて開くことができないことを説明すると「じゃあ水で洗ったらいいわ。上を向いて」と言われるがままに上を向くと私の目の周りに水が垂らされるのが分かる。

「さぁゆっくり目を開けて」

私がおそるおそる瞼をびくびく震わせながら目を開けるとやはりもの凄い痛みがあるが水が目の表面に張り付いた埃を洗い流すのが分かり安心する。処置が終わると目の痛みはマシになり少なくとも目を開けてはいられるようになり私ははじめてその女の人の姿を見る。

その女の人は顎の下まで伸びた短めの髪を茶色に染めていてブラックのパンツに白いシャツ——それは埃まみれでほとんど黄土色みたいになっているけれど——を着ていていかにもOLといった格好をしていてリノリウムの床の上にしゃがんで傍らに黒い小さなバッグを置いている。目が霞んでいてはっきりとは分からないけれどその人は細目で口や鼻も小さくこういうのを和風な顔立ちと言うのだろうかと私は考える。

「本当に助かりました」と私は頭を下げる。

「喉とか目とか大丈夫?」

「どちらもまだちょっと痛いんですけどしゃべれるし見えます」

「良かった」と言って女の人はその場にぺたりと座る。「それにしても大変なことになっちゃったわよね。あのマンションは……」

「あれ私の家なんです」と私が言うと女の人は目を丸くして「それは……」と何かを言い

かけながら続く言葉がなく黙り込み俯いてしまう。

「でも私は死ななくて良かった」と私は口に出してみる。死ななくて良かった。たしかにその通り。でもそんな言葉が自分の口から出てきたことは何だかとても奇妙であるように思える——間違いなく私の家は丸ごと崩壊して瓦礫《がれき》の山になってしまったけれども私はこうして生きているしそのこと自体は考えようによってはとても幸運なのかも知れないけれどそれはあくまで理屈の上での話であって私自身は実際には何がどうなっているのかがさっぱり分からなくてただ戸惑っているだけで死ななくて良かったとかそんなことは思ってもいなかったのにその言葉がふと自分の口から発せられたのは不思議だ。

「それはそうね」と女の人は言う。「何はともあれあなたは生きている」

　私は呆然としたまま自分が発した「死ななくて良かった」という言葉を頭のなかで何度も再生していたがそのうちになぜだか涙が出てきてその涙はどんどん量を増してゆきすぐに視界をぐにゃぐにゃに曲げてしまい私の肩は上下に激しく揺れ始めうえっくひっくと音がして私はその嗚咽を止めることも抑えることもできずただうぎっくひぇっくえっくえっくえくひっくと泣いてしまい息が詰まってまた咳をして涙が出てきてまたうっぐぎえっひとやっていると女の人が私に近づいてきて私をぎゅっと抱きしめてくれて私はその女の人の胸にしがみつきその胸元から立ちのぼってくる熱気を顔に受けて何だか少しだけ安心し

てしまいそのせいか今度はうわあああああああびえええええええええと泣きじゃくると女の人の手が私の髪を撫でてくれて私はもっと激しく喚いて泣いて震えてその見ず知らずの女の人に必死でしがみついている。

お母さんお母さんお母さん！と私は心のなかで繰り返し繰り返し呼びかけるがお母さんはガラスの向こうの世界に行っちゃっていなくなっちゃって家もなくなっちゃってお姉ちゃんはお母さんが言うには死んじゃったみたいだしカナも消えちゃうしアヤノは死んじゃってユースケがどうなっちゃったかも分からなくて私はいったいどうしたらどうすればどうやってこんな水も電気も止まっちゃったところで生き延びていったらいいのかどうしてこんなことになっちゃうのかそれでも生きている私は幸せだなんて言っていいのか一人きりでも生きていられれば幸せだなんてそんな馬鹿な話があるわけない一人きりで安全無事でいたって嬉しいことなんて何ひとつ無いよ友達もいなくて家族もいなくて帰れる家だってなくてただ一人で一人で一人で私はもう一人で――でもひょっとしたらまたカナやお母さんやお姉ちゃんやみんなに会えるかも知れない私がカナに再び出会うことができたみたいに何かの拍子で離ればなれになった人同士が巡り会えるのなら――お母さんもカナも死んでしまったわけではなくて私がいるこの世界とほんの少しだけ違った別の世界にきちんと生きているのだとしたら――でもばらばらになってしまったこの無数の世界のなかで私

とお母さんが私とカナが私とユースケが巡り会える確率がいったいどれだけあるの？――それに再び出会うことができたとしてそのときお母さんはカナはユースケはあるいは他のみんなは私の知っているお母さん私の知っているカナ私の知っているユースケ私の知っているみんなと同じだなんて保証がどこにあるのだろう？――カナはアヤノが死んだのを私と一緒に目撃したはずなのにアヤノが死んだことを知らないようだったし私だって――そう私だってそうなんだ――私は学校を出るときにクッキーとペットボトルを詰めた大きなリュックサックを持っていったはずなのにそれはいつしか体育館が爆発――いま思えばあれは戦闘機が体育館に墜落したせいで起きたものだ――したときになくしてしまった私の学生鞄になっていていてマンションの鍵を持っていなかったはずが持っていていてオートロックのガラスを破ったはずが破っていないことになっていていて玄関にバリケードを築いたはずがそんなものはなくてもう何もかもがおかしなことになっていていて私は私自身の世界すらところどころ食い違っていることが不安でたまらなくなる――もし私の経験してきたこの世界が実は一つではなくて無数の断片の組み合わせ――それも同じ時間に同じ場所で複数の異なった世界があり得るような仕方で構成された可能性のうちの一つ――なのだとしたらそこに生きる私は本当に一人だろうか？　実は私が一人の人間であること自体がただの妄想でしかなくって私は実はその無数の断片のなかに宿る断片的な自意識でしかなくてそれがた

またまつながって一つの時間軸を持った私として擬似的に感じられているだけだとしたら——そしたらいまこうして名前も知らない女の人の胸に抱かれて泣きじゃくっている私はいったい何なのだろう？　それはただ断片に閉じ込められた影みたいなもので私の過去の記憶はただ過去の記憶のように見える幻想でしかないのだろうか？　私が現実だと思っていることはただ私にとって現実と思えるだけのことであって現実なんてものはそもそも現実ではなくてむしろただのファンタジーで私はそれを都合良く現実だと思い込みながらのうのうと生きていて家族とか恋人とか友達とかそんなものも結局は粉々になったガラスの断片の向こうできらきらと変化するとらえどころのない世界のなかに存在するとらえどころのない人間みたいな存在を通して私が作り上げた錯覚に過ぎない？

考えているうちに私はいま自分の頭のなかを駆け巡っている思考と私がぐだぐだの視界のなかに捉えている女の人の胸元——シャツの合間から彼女の汗と私の涙に濡れた肌が覗いている——との間の関係がうまくつかめなくなり私は泣きじゃくる私をどこか遠いところから眺めているような感覚に捕らわれ目眩《めまい》がしてうぐっと胸が苦しくなってそこをかきむしり私は女の人にもたれかかるように倒れて私は動かなくなる私を見つめている。

11

夜になると建物のなかは真っ暗闇になり静けさのなかで私たちが呼吸する音やそれに混じる私と女の人のお腹が鳴る音だけが聞こえてくる——女の人が持っていたポッキーを少し分けてもらったけれどそれだけじゃ当然足りなくてどこかで食べ物を探したいと思うけれども私は足が痛くて歩けないし女の人も私を一人置いて外に出ることをためらっていて私が「私は一人で大丈夫です」と言っても聞かず「外は危ないから朝まで待ちましょう」とその人は言う。

その人は渋谷の会社で営業の仕事をしていて朝早くから営業先を回ろうとしていたところいきなり空を戦闘機が駆け巡り始めて咄嗟に近くの駐車場の隅にうずくまってじっとしているとやがて空から灰が降り始め街を行き交う人がめっきりと減ってほとんど誰もいなくなりコンビニを渡り歩いて食べ物を確保しながら事態が落ち着くのを待っているという。

「すぐに消防車とか救急車とか自衛隊とかが助けに来てくれるって思ってたのよ」と女の人は言う。

私は頷く。

「もしこんなことになるって分かっていたら昼前にコンビニに寄ったときにできるだけたくさん食べ物や飲み物を確保していたんだけど……さっきはお金を置いて必要なものだけ持ってきたから。あなたはどうしていたの？」

「私は……」と私は私が学校で目撃したこと――閃光と爆音と戦闘機と死んでしまうアヤノとあの怪物に首を刎ねられた生徒と押し潰されて食べられた生徒と離ればなれになってしまったカナ――を思い出すが同時にその記憶が本当にこの世界で起こったことなのかが分からなくなり――カナと私の記憶は微妙にずれているし私の実際の行動もまた私の記憶と食い違っている――言葉に詰まってしまうけれどもいまのところ私は私の記憶を頼りにものを語るしかないと思って口を開く。

「あのとき学校にいたんです。いきなりピカッて強い光があってそれから地響きみたいな音がして……先生がやってきてグラウンドに避難するって言うんです。それでグラウンドに出たら戦闘機がたくさん来て」

「それが今朝のことね？」

「今朝……」と私は首を傾げる。「いやあれは昨日の午後の授業中のことです」

「昨日？」

「そう昨日です。えっと……そちらは？」

「そちら？　ああ……私の名前はサトコって言うの」

「私はマユミです」

サトコさんはにこっと笑って「マユミちゃんね」と言う。

「それでサトコさんは今朝になってはじめてあの戦闘機を見たんですか？」

「そうね」

「昨日は何も無かった？」

「ええ。普通に仕事をして帰って……梅酒を飲みながら映画を観たわ」

あの激しい光を見逃しあの凄まじい地響きを聞き逃す人が同じ東京にいたとは私には考えられなかったけれどもサトコさんが嘘をついているようにも思えずに私はただ黙って頷くことしかできずそれを見たサトコさんが何だか少し難しい顔をして「あれは『羊たちの沈黙』だったわ」と言うので私はその言葉の響きを頭の中で繰り返す――羊たちの沈黙？――そして私は私とサトコさんの経験したこととの間にある齟齬《そご》について考えるのをやめて『羊たちの沈黙』について考える。

「どんな映画なんですか?」

「ホラー映画ね。内容は……えっと……なんていうのかな。私はこういうの説明するの苦手なのよ。小説も映画も一度ストーリーを楽しんでしまえばすぐに細かいところを忘れちゃうから。その話にはたしか人間を食べてしまって捕まった気の狂った博士が出てくる」

「……そういうの好きなんですか?」

「怖いのは苦手よ。でも妹がホラー好きで『お姉ちゃんこれだけは観て』って言うから観てみたのよ」

サトコさんは苦笑いを浮かべる。

「それで観てみたわけだけれどたしかにあの映画は不思議な雰囲気があってどことなく惹きつけられるところがあったわ。ただグロテスクなだけでもないし人を怖がらせようとしているだけじゃなくて……もっと人の心の深いところにある……暗いところというか怖いところというかそういうものを描いている感じがして。ごめんねあまり説明になっていないわ」

「いえ」と言って私は題名を聞いたことすらないその映画のワンシーンを想像する——そこでは人食い博士が若い女性に向かってにやりと不吉な微笑《ほほえ》みを浮かべていて女性の方が毅然《きぜん》とした態度でその博士に立ち向かうが博士と会話をする過程でどんどん深みにはまっ

てゆき訳が分からなくなり頭を抱えて泣き出してしまうが博士は相変わらず笑顔で礼儀正しくその女性に接し続け――やがてその博士は泣きじゃくる女性をそっと抱き寄せてその混乱を受け止めるフリをする――女性はその博士が信用に足る人間では決してないことを頭では理解しているのに自分の感情をうまく制御することができずに博士に体を寄せてしまう。そして場面は翌日の朝になっている。博士は地下室の診察台の上に全裸にしたその女性を乗せメスでその体の皮膚を丁寧に切り開いてそこからほどよく脂肪のついた女性のお腹の肉を切り出しそれを銀色のトレイに載せてキッチンに持っていくとフライパンに油を敷いてその肉を焼き始め――ミディアムに焼き上がった女性の肉のステーキを皿に載せた博士は赤ワインと一緒にそれを狭い食卓の上で食べるところで映画が終わる。

私の想像力が一人歩きをしているとサトコさんが「どうしたの?」と尋ねるので私は「いやその映画がどんなものか考えていたんです」と答えるとサトコさんは小さく笑う。

「面白いわね。私の滅茶苦茶な説明を聞いてそこから物語を想像するなんて」

私はその言葉にうまく反応出来ずに「そういえばサトコさんには妹さんがいるんですね」と言う。

「女子高に通っているの。三年生」

「私と同じですね」と私は言う。「もしかしたら学校はこの辺ですか?」

「そうね。すぐそこの通りを渡ったところ」

「たぶん私と同じ学校です。名前は?」

「あら」とサトコさんは言う。「それは偶然ね。名前は……」

サトコさんはそのまま沈黙する――その沈黙が五秒十秒と続くので私は何かがおかしいと思い始め「どうかしたんですか?」と尋ねるがサトコさんは何も答えない。

「サトコさん?」

「思い出せないの」

「え?」

「思い出せないのよ名前が」

サトコさんは何度も首を振って何度も溜め息をついて両手を顔にあてて俯いている。

「私ずっと妹のこと大好きで……年はだいぶ離れてるけど昔からいつも一緒に遊んだり勉強を教えたり……仲良しだったのにどうしても名前が思い出せなくて……妹の……妹が……」と言って私の向かいに座っているサトコさんはずりずりと床を移動して私の隣にやってきて私にくっついてきて「私ってひどいお姉ちゃんでしょ? 妹の顔だってもう思い出せないのよ……どうしてか分からないの……でも今日の朝からずっと思い出そうとしても思い出せなくて……ねえマユミちゃんはそういうことはないの? ひょっとしたら私だ

けじゃないかも知れないってみんな大切な人のことを思い出せなくなってそういうことがこの街全体で起きているんじゃないかって……だってもしそうだとしたら私が妹のことを思い出せないのは私のせいじゃなくて何かほかに原因があるからだって考えることができるじゃない？　でもいまのままじゃ私はただ大好きだった妹のことさえ忘れちゃったひどい人ってことになってしまうような気がして」とか細い声で話し続けて私はそれを聞いてお姉ちゃんの名前を思い出そうとする——そして気が付く——私はお姉ちゃんの名前を思い出すことができない。それどころかお母さんの名前も——そしていまは別々になってしまったお父さんの名前も——思い出せなくて愕然《がくぜん》として「サトコさん」と呼びかけるがサトコさんは聞いていなくてうっうっと泣いていて「私はいったい誰で何をして生きているのか全然分からないのよ……妹がいなかったら私……」と私の声が届いていないようなので私はもっと大きく「サトコさん！」と言うとサトコさんは顔を上げて涙に濡れた顔で——その顔は何だか小学生みたいな幼い顔に見える——私の方を見るので私は「私も思い出せないんです……お姉ちゃんの名前もそれからお母さんの名前も」と言うとサトコさんは目を丸くしてやがてもっと大量の涙を目に浮かべて口をわなわなさせて私が「サトコさんお母さんとかお父さんとかの名前は思い出せますか？」と言うとサトコさんは首を振って「お父さんもお母さんもいないの」と言って私は「ごめんなさい変なことを訊いちゃって」と答えながら何かが頭に引っかかる――たとえサトコさんのお父さんとお母さんが事故や病気で亡くなってしまったのだとしてもあるいは何かの事情で失踪してしまったのだとしてもお父さんやお母さんは現に存在し――そうでなければサトコさんはこの世に生まれてはいないのだから――その名前をサトコさんが知っていることは十分にあり得ることなのにどうしてサトコさんはお父さんもお母さんもいないということをこの場で強く言明するのだろう?

「でも私はお母さんやお姉ちゃんの顔は憶えているんです」と私は言う。「それに今日の昼頃にはマンションでお母さんに会いました」

サトコさんは泣きながら「え?」と訊き返す。「じゃあマユミちゃんのお母さんはいまどうしているの? ひょっとしてあのマンションに……」

「いやマンションと一緒に潰れたわけじゃありません」

サトコさんは訳が分からないといった風に顔をしかめる。

「お母さんは私と違う世界に行ってしまったと思うんです」と私は言葉を慎重に選んで答えるけれどサトコさんはその言葉の意味を誤解して「それじゃあお母さんは……ごめんなさい変なこと訊いて」と言うけれど私は首を振って「違います。死んだわけじゃないんです。違う世界というのは天国とかそういうことじゃなくて……ただ文字通りの違う世界にいるんです。確かめたわけじゃないけどそうだと思うんです」

「どういうこと？」

「サトコさんはガラスとか鏡とかを見ましたか？」

「ガラス？」

「そこに映る世界はいま私たちのいるこの世界とは違う世界なんです。どのガラスに映る世界もどの鏡に映る世界もこの世界とは必ず微妙に食い違っている。それどころかこの世界ですらも一つの世界ではなくて数え切れないくらいたくさんの世界が絡み合ってできている。私のお母さんはそんな無数の世界のうちの私がいるのとは違う世界にいると思うんです」

「何を言っているの？」

「私は変なことを言っているかも知れません。でもそう考えないと説明できないことが本当にたくさんあるんです」

「じゃあ説明して」とサトコさん言う。「私も知りたいわ。この世界について」

「やってみます」と私は言う。そして私が体験したことを順を追って話し始める。

12

一昨日の午後——数学の授業中に私がぼーっと空を眺めていると突然それはやってきた。強烈な光と轟音に見舞われた私たちがグラウンドに避難すると今度は戦闘機がびゅんびゅんびゅんとやってきて私たちが夢中で逃げ込もうとした体育館が目の前で爆発して——戦闘機が墜落したのだろう——私は爆風で吹き飛ばされ自分の鞄を落とし親友のアヤノは飛んできた鉄骨に貫かれて死んでしまう。世界に灰が降り続くなか生き残った生徒と先生たちは校舎に戻り家庭科実習室に集まってアルコールランプの明かりで夜を過ごすが翌朝になって窓からグラウンドを見ると生徒たちの死体や散乱する荷物がなくなっていてもっと奇妙なことに私以外の誰一人としてそのことに気づかなかった。それから教室にあの化け物が入ってきて襲いかかるので私たちは散り散りに逃げ出して私はカナと一緒に視聴覚室に身を隠したけれども私の目がディスプレイに映る複数の私自身の姿に釘付けになっているあいだにカナは消えてしまい私は一人ぼっちになる。校内にまだ残っていた非常食や水を落ちていたリュックサックに詰め込んで学校を出た私は家に向かっている途中にカナと――アヤノの死を知らないカナと――再会し私のマンションに一緒に入ろうとするけれども鍵が無いので近くのローソンから持ってきた脚立でオートロックのガラスを割って侵入し非常階段で自宅まで辿りつくと私はなぜかリュックサックではなく自分の学生鞄を持っていてそこに入っている鍵で家に戻り自分の部屋でカナと眠る。しかし目が醒めるとカナはどこかに消え代わりにどこかからやってきたお母さんはお姉ちゃんが死んだと言って泣き始めるが再び戦闘機がやってきて戦い始めるとお母さんも鏡の向こうに行ってしまう。それから何者かが玄関のドアに体当たりして壊そうとするので私は椅子や机や電化製品を片っ端から積み上げてバリケードを作るがそのあと女の人の悲鳴が聞こえたので慌てて玄関の外を見ると――バリケードはいつの間にかなくなっていた――あの化け物に女の人が襲われているので私は化け物を挑発して女の人を逃がし私も非常階段を駆け下りて――ひび一つないオートロックのガラスを横目に――外に出るとマンションが倒壊する。足の裏にガラス片が突き刺さり満足に走れない私は押し寄せる粉塵で目と喉がやられその場にうずくまっていたところをサトコさんに救われた。

私が生きている世界そのものが辻褄の合わないものになっていることとガラスや鏡に映

る世界がいまここにある世界と食い違っていることとの間にはどんな関係があるのだろう？　一つ考えられるのはガラスや鏡はあくまでいまここにある世界を映し出しているだけであってあらゆる食い違いや矛盾はまさに私が存在しているこの世界の方にあるのだということだ。つまり鏡にお母さんが映っているときには実際にお母さんがここに存在するのでありもしそこにお母さんが映っていないのならお母さんは実際には存在しない。でもこの説は私がカナに触れながらガラスを覗き込んだときにそこに私たちの姿が映らなかったことがあることから否定できる。鏡やガラスが映し出すものは一つではなくそれは私が生きているこの世界と異なるものであり得る。

かといってルイス・キャロルの『鏡の国のアリス』みたいに鏡やガラスの向こう側に別の世界があってカナやお母さんはそちら側に行ってしまったのだと考えるのも難しい。というのはそこに映し出される光景は時と場合によってまったく違うものになるからだ。AさんとBさんという二人の人物が一緒にいたとしてAさんだけがガラスに映る場合とBさんだけが映る場合それから二人とも映る場合と二人とも映らない場合がある。その四通りの状況はガラスや鏡を覗き込む度に——それが同じガラスであっても別のガラスであっても——変わったり変わらなかったりする。私とカナが試してみた感じでは全体としてみれば変わることの方が多かったけれどおそらくそれはその四通りの状況がある程度均等な確率で現れることを意味しているのだろう。いずれにしてもここには確固とした「あちらの世界」は存在しない。

そこまで話したところでサトコさんは「訳が分からないわね」と言うので私は頷く。

「人間が普段とは違うおかしな世界に迷い込んでしまうという話は小説でも映画でもたくさんあります。でも小説や映画に描かれたようなおかしな世界は一応なりとも辻褄の合った――こんな言い方をするのも変なんですが――ちゃんとした世界なんです。人間がおかしな世界に迷い込んで戻ってくる。あるいはおかしな世界から怪物とか幽霊とかがやってきてまた戻っていく。いずれにしてもそこでは二つの異なる世界がそれぞれの理屈できちんと成り立っている。でも私がこの二日間過ごしてきた世界はそういうのとは違って……」

「世界が一つではないということかな？」とサトコさんは言う。

「どう言ったらいいのか」と私は答える。「私がいるこの世界そのものが既に辻褄の合わない場所になっている。そしていつどこでどのように辻褄が合わなくなったのかが分からないまま いつの間にか記憶と事実が食い違っているんです」

「何だかややこしいわ」

「そうですね」

「こういうのって何とか物理学とかいう理系の専門家の人なら詳しいんじゃないかしらね」

「何とか……物理学？」

「たしかそういう学問があるのよ。世界は十次元とか二十次元とかで出来ていて無数のパラレルワールドがあるとかそんなことを研究している人がいたと思うのだけど」

「どうやって研究するんでしょうね。そんなもの」

「ほんとよね。世の中には難しいことを考える人もいるものだわ」

溜め息をつくと隣に座っているサトコさんは私の肩を抱き寄せて「少し疲れたし眠らない？」と言うので「そうですね」と私は答える。私たちが逃げ込んだ建物の二階は小さな会社のオフィスになっていてそこのソファーに並んで座っていた私たちは服を着たままソファーに横になる。

「ちょっと狭いけど床で寝るよりいいわよね」

「はい」と私は言う。

私は目を閉じる。瞼の裏側に過去から未来へと続く時間軸が無数に並んでいる様子が想像される――隣り合う時間軸はそれぞれがごくわずかな違いしかない並行世界を示している。最初は並行していたそれら無数の線は次第にところどころで絡みあってゆきやがて錯《さく》綜《そう》して巨大なあみだくじのような不可解な図像を作る。私はそのあみだくじを辿っている。本来そうであるべきだった私の世界は途中で別の世界の時間軸へと移行する――そのようなことを繰り返しているうちに少しずつもといた世界から離れていくように見えるが実際にはあみだくじを辿ってもとの時間軸に戻ってくることもある――ある時間軸から別の時間軸への移動が一定の確率に基づいて起こるものだとすれば一定の時間が経過したときに私がいるであろう時間軸はもといたところからそれほど遠い場所ではないはずだ。私はたたもといた世界から遠く離れようとしているのではなく離れたり戻ったりを繰り返しているのだから素直に解釈するかぎりほとんどの確率で私はもといた世界のきわめて近くにいるはずだ――もし他の人たちもまたそのような時間軸の錯綜状態を生きているのだとすれば私が離ればなれになってしまったお母さんとまた出会う確率は絶望的なほど小さいわけではないのかも知れない。そして私はこんな風に物事を考えるのは受験勉強のし過ぎ――私はちょうど数学で確率や統計の範囲を勉強し始めた――ではないかと感じ思考を止めて深呼吸をする。

　目の前にはサトコさんの顔があり私は特に何を考えるでもなくサトコさんの体を抱き寄せその唇に自分の唇を重ねようとする。でもサトコさんはふっと顔をそらして私の唇を避けると小さく首を振る――その仕草に私はどきっとしてそれから汗をかいて自分がもしかすると何か間違ったことをしているのではないかと思い始めるけれどもそんな私の心を察したかのようにサトコさんは私の体を軽く抱きしめそれから背中をゆっくりと撫でる。

「本当に大変だったわね」とサトコさんは言う。

「ごめんなさい……その……」と私が口を開くとサトコさんはまた首を振る。それからサトコさんは私の顔に正面から向き直って微笑んで「少し眠ったらどうかしら」と言うので私は小さく力なく頷いてからもう一度「ごめんなさい」と呟こうとするけれどもサトコさんは私の口元に人差し指をあててその言葉を制してそれから上半身を起こす。

私はサトコさんの隣で仰向けになりクリーム色の味気ない天井をまばたきもせずにじっと見つめ続ける。サトコさんは手のひらをそっと私の太ももに置いてそこからじんわりと伝わってくる熱を感じながら私はまた何度か深呼吸をして少しずつ気分が落ち着いてくるとすぐに瞼が重くなり意識はまどろみのなかに落ち窪んでゆく。

13

どどどどどどどどどどどと建物が揺れて飛び起きた私の目には窓の外を眺めているスーツ姿のサトコさんが映り「また始まったわ」と言う彼女の視線の先を追うと戦闘機が空を飛び交っている――しかしそれらはとても遠くに小さく見えるだけで低いうなり声のような音が建物をがたがた言わせている割には危険を感じない。それにいままでのことを考える限り戦闘機は少なくとも私たちを攻撃しようとしているようには思えないしむしろそれらは私たちを守るために何か別のものと格闘しているような気さえする――問題は私たちにとってはそれらが何と戦っているのかがさっぱり分からないということだけだ。

下着姿の私がソファーから降りて自分の服を探すと近くの椅子に私のジーンズとポロシャツがきれいに折りたたまれているので――でもどうして？――私はサトコさんに「ありがとうございます」と言うとサトコさんがこちらを振り返って「何？」というので私は

「これです」と椅子の上を指さす。

「いいのよ」とサトコさんは言う。「服はきちんとたたまないと気が済まない性格だから」

私が服を素早く着ると靴下がないことに気がつき周りをあれこれ探すが見つからない。サトコさんがやってきて「どうしたの?」と言うので「靴下が」と答えるとサトコさんも一緒になって靴下を捜索するがやはり部屋のなかには見つからない。

「マユミちゃんそもそも靴下履いてたっけ?」

私は言われてみて昨日のことを思い出す――私はマンションで化け物に遭遇し化け物から逃げるためにマンションを出て――それからマンションが崩壊して大量の埃にまみれてげほげほしているところをサトコさんに助け出されたのだった。そのとき私は靴を履いていなかったかも知れない。でも靴下を履いていないということは絶対にあり得ない。私は毎日欠かさず靴下を履いている――どんな服に着替えるときも無意識のうちに履いてしまう――たとえ靴を履かなくたって靴下は履いているのだ。それなのに靴下が見当たらないとすれば私は私の靴下をいったいどこにやってしまったのだろうか? 私は靴下を履き忘れたことなんて一度もない。履き忘れたのでなければ何か理由があってそれを故意に脱いだということになる――昨日の夜にサトコさんと寝たときに靴下を脱いだかも知れない――でもそうだとしたら靴下はすぐその辺にあるはずだ。靴下が見つからないということはサトコさんと寝るよりも前に靴下を脱いだのだとしか考えられないけれど靴すら履かないで外に飛び出してきた私はいったいどんな理由があって靴下まで脱がなくてはならないのだろうか？

靴や靴下が無ければ外を出歩くのは大変だ――裸足では辺りに散った瓦礫を踏んでしまって足の裏が傷ついてしまう――ところが昨日の私は実際には靴も履かず靴下も履かずに外を出歩いていたことになる――もし私が靴下を脱いだのがサトコさんとここに来る前のことなのだとすれば――でも私の足の裏は傷ついてなんかいないし普通に歩くことができる――本当に？――そう本当に私の足の裏は傷ついていなくてうっすらと埃がついて黒ずんでいるだけで健康そのものだ。

サトコさんは腰に手を当てると「見つからないわね」と言って首を振る。「それにしても靴も靴下も無いとなると不便ね。何か替わりの靴がないかしら」

私は「そうですね」と曖昧に答えて部屋の奥に並んでいる六つの事務用デスクの方へ歩いて行きデスクの下を見ると一組のスリッパを発見する――誰かが仕事中に履き替えるために置いておいたのだろう。しゃがんだ体勢から首を伸ばし「スリッパがあります」と声を掛けるとサトコさんは小さく頷いてみせる。すたすたすたと応接スペースへ戻ってゆくとサトコさんがソファーに座っているので私も隣に腰を下ろす。

「どこかに食べ物や飲み物を集めに行かないと」とサトコさんが言う。「さすがにお腹が減って仕方がないわ」

サトコさんが持っていた飲み物やお菓子は昨日の夜に全部なくなってしまったので何とかして食糧を確保しなくてはいけない。

「近くにスーパーマーケットがあります」と私は言う。

「それならそこに。いますぐ行ける？　もう少し待った方が……」

「大丈夫です」

私たちは立ち上がってその事務所を後にする――扉を開けて廊下に出て階段を下る途中でサトコさんが「この場所を憶えていましょう」と言う。

「あのソファーは柔らかくてなかなか良かったし……トイレが廊下の奥にあるのもいいわ」

「サトコさんはちゃんと眠れましたか？　私より早く起きてましたけど」

「よく寝たわよ。マユミちゃんの方がちょっと寝過ぎだったんじゃないかしら」

私は慌てて「いま何時ですか？」と言うとサトコさんは小さく笑って「もう朝の九時よ」と答える――普段ならとっくに学校で授業を受けている時間だ。

外に出ると道路は崩壊したマンションから押し寄せてきた粉塵と相変わらず降り続けて

いる灰に覆われてアスファルトの地面はまったく見えなくなっていて私たちがその上を歩くとちょうど積もったばかりの新雪の上を歩くのと同じようにはっきりとした足跡がそこに刻み込まれる。

「他には足跡はありませんね」と私は言う。「このあたりにはもう誰もいないみたい」

「それは変ね……だって渋谷区って二十万人もの人間が住んでいるのよ」

「みんな避難したかも知れません」

「でもみんながどこかへ避難するところを一度でも見た？」

私は首を振って俯くと自分の足には心持ち大きすぎるスリッパを落とさないように爪先の神経を慎重にコントロールしながら黙々と道を歩きそれを見たサトコさんも私に続いてその歩きにくそうなハイヒールを操って黙々と歩く。

いま私たちが置かれている状況はテロや戦争のような非常事態と言っていいものだけれど——電気も水道も何もかも止まっている上にそれらが回復する見込みがまったく無さそうだということからしていままでに伝え聞いたどんなテロやどんな戦争よりも悪い状況であるようにさえ思える——しかしそれは私がイメージしていた非常事態——けたたましく鳴り響くサイレンや群れをなして避難する大勢の人々やそれを先導する警察官や自衛隊員たちやそれらの現場を慌ただしく伝えるリポーターやカメラマンたち——とは全然違って

いる。ここには誰もいない。そして誰もがいなくなってしまうまでの間にはどんな明確な悲劇的プロセスもない——ただ唐突に空が光り戦闘機が飛来し灰が降りそそぎ化け物が徘徊し気が付くと誰もいなくなっている。そしてそんな不可思議な世界のなかでほとんど唯一信頼できるはずだった人たち——親友や家族——さえ別の世界へと簡単に消えてしまう。それでも私は幸せかも知れないと私は考える——サトコさんのような見ず知らずの人が私を助けてくれたのだし少なくともいまのところサトコさんは十分に信頼できる人間であるように私には思えるしサトコさんも私のことをある程度は信頼してくれていてこの状況下でも何とか互いに支え合ってやっていけるような気もする——もちろん家族や親友と同じようにというわけにはいかないかも知れないけどかといってこの絶望的な状況のなかで孤独を貫くよりは互いに協力した方が遥かに良い。私とサトコさんは未だに見知らぬ人同士で互いのことをそれほど深く知っているわけではない——でもそれは現段階においてはデメリットではなくメリットであるような気もする。私とサトコさんはいまのところまずこの酷い世界で何とか生き残るという当面の対応策の上で協力しているしそうだからこそ趣味も価値観も違うはずの見ず知らずの人間同士なのだけれどとりあえず手をつなぐことができる。ほんの少し前までサトコさんは私にとって街を行き交う無数の人々のうちの一人に過ぎなかったしサトコさんにとっての私もそうだったと思う——そしてそのことは二人で一夜を明かしたいまとなっても基本的には変わらないけれどそうであるからこそ私たちは互いの置かれている困難をただ素直に困難として認め合い助け合うことができるのかも知れない。

　私たちは大通り沿いのビルの前へ着きその地下一階にあるスーパーマーケットへと入ってゆく。入口のガラス扉は鍵が開いていて止まったままのエスカレーターを下ってゆくと売り場は荒らされた形跡こそあるものの棚にはまだいくらか商品が残っているのが見えるので私は振り返ってサトコさんに微笑みかけるとサトコさんも嬉しそうな顔をして「良かった」と言う。私たちは店内を歩き回りまずまとまった量の缶詰が置かれているエリアに辿りつく。

「一昨日から甘いものしか食べてなくて」と私は言う。「何かしょっぱいもの食べたいんです」

「これだけあればしばらくは持ち堪えられそうね」と言ってからサトコさんは何か考える風にして「でも缶詰は保存が利くからいますぐ食べてしまうのはもったいないんじゃないかしら」と付け加えるので私は頷く。

「果物や野菜ならまだ食べられるかも知れません。でも……」

「いいのよいまは食べたいものを食べれば」

「すみません」と私が謝るとサトコさんは「どうして私に謝るの？」と言って笑う。

私たちはあちこちのコーナーを見て回って食べ物を集めレジの台の上に座りながら遅めの朝食をとることにする。私はシーチキンの缶詰とポテトチップスを食べて水をたくさん飲むと次第に気分が落ち着いてくる。たしか空腹のときは塩分――というかナトリウム？――を摂取すると安心すると聞いたことがあったのでその話をサトコさんにすると「たしかに前菜ってみんなしょっぱいものね」という答えが返ってきてそんなサトコさんは賞味期限が昨日までの食パンにマーガリンを塗って食べペットボトル入りの紅茶を飲んでいる。それからサトコさんはここに居残れば食糧はだいぶ残っているけれども椅子もソファーもない場所で長い時間を過ごすのは大変だからやはり食糧をさっきの事務所に持ち帰ってそこで当面生き延びるのが良いのではないかと言うので私はそれに同意する――それに私は食糧を求めて誰か別の人がやってきて私たちとトラブルになるのも怖かった。ここにやってくるまでに足跡は見つからなかったけれど誰かが生き残っていないとも限らないしそうだとすれば結局は限られた食糧をどうやり繰りするのかという問題が必ず出てくるはずだ。

私たちは入口付近にあるカートを一人一台ずつ引っ張り出しまだ残っている保存の利きそうな食べ物――缶詰やポテトチップスやチョコレートやビスケットやクッキーそれからペットボトル入りの水やジュースやお酒など――をカートに備え付けた二つのカゴに手当

たり次第に放り込んでからレジのところへ戻ってくるとレジの下に置いてあるビニール袋を取り出しそれに食糧を詰め込もうとするけれどもカートに入れてきた食べ物はもの凄い量でとても入りきらない。

「カートごと外に出せないかな」とサトコさんが言う。

「カートとカゴを別々に持っていけばできると思います」と私は言う。「これだけのものを持って行けたらかなり持ちますね」

私たちはカゴを下ろすと二人がかりでカートを持ち上げエスカレーターを通って地上の入口まで運ぶ。その動作を二回繰り返して二台のカートを運ぶと今度はカゴを運ぶ――大量の飲み物を積んだカゴはカートよりも遥かに重く二つ目のカゴを運ぶところで私たちは息を切らし始める。

「なかなかの重さね」

「一週間ぶん……いやたぶんもっとありますよ」

三つ目のカゴを運び上げ四つ目を取ろうと私がエスカレーターを下り始めたとき後ろでサトコさんが「ごめんちょっと疲れた」というので私は「じゃあ下で待ってますよ」と言ってすたすたとエスカレーターを降りてレジのところに置いてあるカゴの前までくる。

「若いっていいわね」とサトコさんは上から声をかける。地上階にある入口と地下一階にある店とは吹き抜けでつながっているのでこちらからもサトコさんの上半身が辛うじて見える。

「何歳なんですか?」と私は下から声を張り上げる。

「何歳に見える?」

「二十四歳」

「それはお世辞?」

「何歳なんですか?」

「教えない」

「二十代ですね」と私が声をかけるがそれにはサトコさんは答えない。そのまま何の返答もないので私は「サトコさん?」と声をかけるがやはり返事はなく見上げてもサトコさんの姿はない——そのとき私の脳裏をよぎったのはカナが消えてしまったあの視聴覚室での出来事とお母さんが鏡の向こうに行ってしまった家での出来事であり私はいま自分がサトコさんを失ったら本当に自分を支えるものが何もなくなってしまうサトコさんいなくならないでお願いだからそこにいてと心のなかで叫んで慌ててエスカレーターに走ってゆきすたすたと急いでそれを昇る途中でスリッパが脱げてしまっても気にせず半分ほど昇ったところでサトコさんの姿が目に入る——サトコさんは床の上にへたりこんでこちらに背を向けて座っていて私は具合でも悪いのかと思って「サトコさん大丈夫ですかサトコさん！」と声を張り上げてエスカレーターの一番上まで来てサトコさんに駆け寄ろうとした瞬間にサトコさんはぐわっと立ち上がって振り返りこちらに走ってくるので私とサトコさんは真正面からばふっと衝突し抱き合うような格好になったと思ったらサトコさんはぎゃあああああああと叫んでじたばたして私を押しのけようとさえするので私はサトコさんが私の胸元に押しつけている頭を見ながらサトコさんサトコさんサトコさんと名前を連呼するがサトコさんは「逃げて逃げて早く」と言って私を押すので私は何がどうしたのかと思って前を向くとそこにあの化け物がいた。

14

クッラクッラリリリッサァァァァァァァとその化け物は吠えてずんずんとこちらに向かってくるので私たちは慌ててエスカレーターを駆け下りてスーパーマーケットのなかを夢中で逃げ惑う——そいつは相変わらずそれほど素早く体を動かすことができないのですぐに追いつかれる心配はないと思った私は店内をぐるぐると逃げ回ってそいつを攪乱《かくらん》して入口に戻ってくれば逃げ切れるかも知れないと考えサトコさんと手をつなぎながらレジの横を通りお酒売り場を抜けて肉や魚が並ぶ薄暗い店内を走る。後ろからはクラリッサうぐえ食うぞクラリッサうぐへっへという濁った声が聞こえてきて私たちはお菓子売り場にさしかかったところで直角に曲がって棚と棚の間の通路に潜り込むとうぎあごおおうと吠えてそいつも直角に曲がってくるが棚に激突してどじゃばぎゃああんと音を立てて左に並んだチョコやグミの並んだ棚がぐらぐらと揺れる——私は後ろを振り返りながらその様子を確認してハイヒールを履いたサトコさんを引っ張りながら全速力で走る。

「靴が……」とサトコさんが息を切らしながら言うので私は「脱ぎますか?」と答えるとサトコさんは頷いて私は通路の一番奥まで行くと「こっち!」と言ってすぐ隣の陳列棚の方へ一八〇度回転して走り始める——化け物はおそらく私たちの姿を一瞬見失ってそこで隙ができる——そして通路を中程まで走ったところで「脱いで下さい」と言うとサトコさんはハイヒールをぱっぱっと脱いでその辺に放ると私たちはまた走り始める——と右前方に並んでいる棚のうちの一つがでがどんと倒されてそこから化け物がくらぁぁぁぁと出現するので私たちは靴下で——サトコさんはストッキングで——床をつつっと滑りながらも何とか急停止し後ろを向いて走り出そうとするがそのとき「うあっ」と悲鳴を上げてサトコさんが転んでしまい既に本気モードで走り出していた私とサトコさんとの間には三メートルの距離があって私が急いで戻ってサトコさんを起き上がらせようとする頃には化け物が鎌を振り下ろしてそれがサトコさんの足の辺りにびゅうんと風を切って突き刺さるように見えて私はああっと口を開けるがそれは前のめりに倒れているサトコさんの両脚の間の床に突き刺さり化け物がそれを引き抜こうともごもごしている間にサトコさんは必死で立ち上がろうとするが床が滑って苦労しているので私は駆け寄ってサトコさんを抱え上げまた走り出そうとしたところで鎌を抜き取った化け物がそれを私の顔の高さでぶうううんと

水平方向に振ってくるのが見えたので今度は私がしゃがんでそれをかわすとその鎌は左に見えるわかめやのりが並んだ棚にどぎだんとぶつかって立ち上がって走り出したサトコさんとしゃがんだ私がぶつかって抱き合うような格好で再び床に倒れ込んでしまうが私たちはどちらも化け物から逃げようともがいて床の上を滑って何度も転びながら何とか立ち上がって逃げようとするがサトコさんの背中を追っている私のスカート——そうスカートをやつの鎌がかすって切られるのが分かる——スースーと空気が入ってきて私は自分のパンツが見えているかも知れないと場違いなことを考えながら夢中で走ってサトコさんが通路の先を右に曲がると私も右に曲がってサトコさんがレジの方へ向かうのでそうだこのまま外に出て逃げるんだと思いぐえっへ食うぞ食うぞおおおうと化け物が吠えて私たちがレジを通り抜けるときにはその巨大な化け物はレジとレジとの間の狭いスペースに体を引っかけてしまい怒ったように暴れてバーコード読み取り機や四番五番と番号の書かれた標識とかをぶっ飛ばして追いかけてくるがそのときにはすでに私たちはエスカレーターを駆け上がっていて地上には食べ物を積んだカートが見えてあれを押しながら事務所に戻れるかしらと思っていると下の方からきゃあああああああああと悲鳴が聞こえてまさか店のなかに別の人がいたのだろうかと考えるより前にサトコさんが手招きをして「さぁこれ押していこう」というので私たちは外に飛び出して食べ物と飲み物の詰まったショッ

ピングカートを押しながらぜいはぁ言いながら通りを疾走しているが私は女の人のものと思しきあの悲鳴が気になってしまって横を走るサトコさんに「さっき女の人の悲鳴しましたよね？」と聞くとサトコさんは「え？　本当？」と首を傾げるが私にはあの悲鳴ははっきりと聞こえたしそれは何だか聞いたことのある声であるような気がする。そして私たちが店を出て一〇〇メートルくらいのところで後ろの方からぎゃあああクラリッサぐえっへへと声がするので振り向くとそこには化け物に追われるショート・ボブの女子高生がいてその女子高生は明らかに私のクラスメイトなので私は目を丸くして名前を呼ぼうとするると「モトコ！」と声がするので私は最初それが私が無意識のうちに発した言葉だったのかと思うがそうではなくてその名前を呼んだのはやっぱり横にいるサトコさんだった。

　サトコさんは走るのをやめて向こうから走ってくるモトコを見ているがいつの間にかあの化け物はいなくなっていてモトコはすごい形相でこちらに走ってきてサトコさんに近づくと「お姉ちゃん！」と言うので私も何事かと思って立ち止まりサトコさんの方へ近づこうとするが走ってくるモトコは「早く逃げてお姉ちゃん逃げて！」と言って止まる気配がないので私は「モトコ！」と呼びかけてモトコがふとこちらを向いて「ママママユミ逃げて」と言うので私はそれを見て「もういないよ化け物いないよ」と首を振りながら声を張り上げるがモトコは「いるよほらやばい早く逃げて」と言ってサトコさんの横を通り過

ぎて走ってゆきこちらを振り向き普段から丸い目をもっと丸くして「危ない！　お姉ちゃん！」と言うが私と私の横にいるサトコさんには何も起こらず無事なのにずっと向こうでモトコはその場にへたりこんで「おねえちゃあああああん！　あがあああああばあああああ」と絶叫するので私は訳が分からなくなって「どうしたのよ！」と叫ぶがモトコは聞いていない——モトコはひょっとしたら追いかけてきた化け物がサトコさんに襲いかかってめちゃくちゃにしているのを見ているのかも知れないがサトコさんは私の横にいて平然としているしモトコの反応に困惑した様子で突っ立っている。

「サトコさん」と私は呼びかける。「ねえサトコさん」

サトコさんは黙ってその場に立って泣きじゃくるモトコを見ているので私はサトコさんの肩を軽く揺さぶって「サトコさんってモトコのお姉さんだったんですね？　サトコさん」と言うもののやはり反応はなくやがて青い顔をしてこちらを見たサトコさんは「あれ誰かしら？」と小さく呟くので私は背筋が寒くなってくる——サトコさんは間違いなく建物から飛び出してきたモトコを見て「モトコ」と名前を呼んだはずだけれどもいまサトコさんはそのモトコを見てもそれが誰なのか分からないのだ。

「分からないんですか？　モトコはサトコさんのことをお姉ちゃんって呼んでいるじゃないですか。サトコさんたしか妹さんがいるって顔も名前も思い出せなくなったけれど妹さんがいるって言ってたじゃないですかそれがモトコなんですよ分かりませんか？」

でもサトコさんは何も言わずにカートを押して歩き始め角を曲がって事務所の方へと行ってしまう――私は前方で泣いているモトコを放っておく訳にもいかずカートを押して灰の上に座って俯いているモトコの側まで駆け寄って「大丈夫？」と声をかける。

「お姉ちゃん死んじゃったじゃないあの化け物が殺してそうだよねマユミ見たよねほらマユミ……」

「違うよ。お姉ちゃん死んでないよ」と言って私はモトコの真横にしゃがむ。モトコが化け物に追いかけられたショックからサトコさんが襲われてしまったと誤解しているのかそれともモトコの見ている世界においては本当にサトコさんが襲われて殺されてしまったのか私には分からない。でも私の横にいたサトコさんは無事だったのだから私としては無事だとしか言いようがないのだ。

「ねえサトコさんってモトコのお姉ちゃんだったのね？」と言うとモトコは頷くので「サトコさん私を助けてくれたのよ。それでいままで一緒にいたの。モトコも一緒に行こう」と言ってもモトコは首を振って何も言わない。

「サトコさん死んでないよ。私と一緒に近くのビルに隠れているんだ」

モトコは何も答えない。

「どうしたのモトコ。外は危険だし一緒にいた方が……」

「それは分かってるうん分かってるんだよ」

「じゃあどうして？」

「どうしてって何が？」

「お姉ちゃんとせっかくまた会えたんじゃない。私たちと一緒にビルに行こうよ」

「無理」とモトコは首をぶんぶん振る。

「モトコ……」と私は言う。「ひょっとしたら私に見えている世界とモトコに見えている世界は少し違うのかも知れない――モトコはサトコさんがあの化け物に襲われているのを見たのかも知れないけど私の世界ではサトコさんは無事なんだよ」

「違う」とモトコは言う。

「違わないよだってサトコさん……」と言いかけたところでモトコは「違う！」と遮ってくる。

「お姉ちゃんは三年前に死んだ」とモトコは言う。

私は凍りつく。

「お姉ちゃん三年前死んだ」とモトコは繰り返す。

私はしばらく考えてから「じゃあさっきサトコさんが化け物に殺されたっていうのは何

なの……」と質問のつもりが語尾が尻切れトンボみたいになって何だかぼんやりと感想を述べているみたいになってしまう。

「死んだのよお姉ちゃんそうだよ死んだよ」

「どういうこと？」

「そういうこと」

「分からない」

「それでいい」

私は立ち上がり溜め息をついて灰色の空を仰ぐ――いまは静かだけれどいつそこから戦闘機がやってきて暴れ回るかも知れないととらえどころのない不安を抱えた曇り空――それから視線を降ろすと私が押してきたカートの細い網状のステンレスにモトコの姿が網状に映っていていてそのなかのモトコに対して私は話しかける。

「ねぇモトコ。私はもう何がなんだか訳分かんないのよ」

側を見るとモトコはいなくなっている。私はしゃがんで泣いている網状のモトコを置き去りにしたままカートを押して事務所へと一人歩いて行く。

15

事務所の奥にある社長だか部長だかが座るような大きめの机にサトコさんは突っ伏していて私は食糧の入った重たいカゴを入口の近くのサトコさんが置いたと思われるカゴの横に置いてからサトコさんに近づきその肩に触れる。

「妹の話ならもういいわ」とサトコさんは突っ伏したままくぐもった声を出す。

「その話はしません」と私は言う。「私にも分からないことだらけです。いまはサトコさんと何とかこうして生き延びているってだけで十分なんです」

私は近くの机からからからと椅子を引っ張ってきてサトコさんに向かい合うように座りサトコさんと同じように机に右耳をつけるように突っ伏すとその木製の机を通じてサトコさんの脈拍がどくどくどくどくと小さく伝わってきて私の脈拍もひょっとしたらサトコさんに伝わっているのかも知れないと思いながら目の前に置かれている円筒形の文具立

てに入っているスチール製の定規を眺める――いまどき仕事をするのに定規なんて使うんだろうか？　学校でも高校に入ってからは定規なんてほとんど使わなくなっているのに。私はこの席で仕事をしていたであろう人間のことを想像する――自分の父親かそれ以上の年齢のおじさんでパソコンなんてつい最近まで使ったことが無くてキーボードを打つときも手元を見ながらゆっくりとしかできなくてワープロやパソコンが出てきてからもそうしたメカを使う仕事は部下に任せて自分は部下がプリントしてきた書類に手書きでコメントを書き足して指示を出すことしかできないんだきっと。それでもそんなパソコンおんちなおじさんでもとりあえずこの街のこのビルで小さな小さなよく分からない会社で五十歳六十歳まで働いてきてその稼ぎで家族を養い一人だか二人だか分からないけれど息子や娘はもう大学生か大学も卒業して就職しているのかも知れない。そしてそのおじさんはこの灰の降りそそぐ街のどこかへと消えてしまい――あるいはこの世界とほんの少しだけずれたところにあるこの世界とよく似てはいるが別の世界へと迷い込んでしまい――もちろん迷い込んでいるのは私の方なのかも知れないし考えようによっては誰もがこの無数に分裂した世界を彷徨っているのだろう――おじさんが何十年も仕事をしてきたこの机にいまは私とサトコさんが突っ伏している。世の中には本当に不思議な縁というものがあるものだなと私は思いそれから私とサトコさんの出会いを思い出して偶然に出会っただけなのにサトコさんがまさかモトコのお姉さんだったなんてなと妙な感慨がこみ上げてきて——実は私が普段気付かないだけで渋谷を行き交うあの無数の見知らぬ人たちと私との間には何らかの関わりが確かに存在していてそれはただお互いにちょっと声をかけあって触れあえば分かるようなものなのかも知れない。そうだとしたら私は私とつながっているかも知れない無数の人たちをあえて知らない人だと考えて毎日をやり過ごしてきたのだろう——と言ってもそれが悪いことであるとも思わないけれど——そして何かふとしたきっかけでお互いを一人の人間として認識したときそこに奇妙な縁を発見するのだ。

私は手を伸ばしてサトコさんの手に触れる。サトコさんの手の甲はとても冷たい——室内は少しむっとするくらいの温度なのにこんなに冷たい手をしているのはどうして？——けれど私の温かい手の平がそれを温めることができる——それをサトコさんはありがたいと思っているのか鬱陶《うつとう》しいと思っているのかそれはよく分からないけれどそこに冷たい手があるのならばできるだけそれを温めてやりたいと思う私はおこがましい人間なのだろうか？　私はサトコさんに感謝しているしサトコさんを信頼しているしサトコさんとこうして居られることで一人のときには絶対に得られないような安心感を得ることができていてそれはこんな破滅的な状況においては本当にかけがえのないことだと思う。本当に強くそう思う。

スチール製の定規のなかに私はお母さんの姿を見る。もやもやと細長く伸びたお母さんの像は同じくもやもやと細長く伸びた私の像に近づいてきて私の肩のあたりのもやもやに触れる。私はお母さんの手の平の温かさをじんわりと肩に感じることができる――そしてその手の平はいつの間にかカナのものになっている――カナは腰をかがめて私の左耳の辺りに口を持っていって小さく囁く――マユミ戻ってきたよマユミ――そして私は突っ伏したまま小さく頷きカナが私の体に覆い被さるようにして抱きついてくるのを感じる――カナの長い髪が私の首筋や頬に垂れてきてやんわりと良い匂いがする――その匂いはサトコさんのそれとは違って少し幼いような甘いような感覚を私にもたらし私はその匂いを愛おしいと思う――そして私はカナやお母さんやサトコさんと自分とがどのようにつながりあっているかについての曖昧なイメージを思い浮かべる――それはどろどろとした蜂蜜の中にみんなが半分溶け出しているような状態でそれらが互いに触れたり絡まり合ったりしているのだけど決してすべてが完全に混ざり合うわけではない――私とお母さん私とカナ私とサトコさんはみな少しずつ混ざり合いながらでもある程度独立した存在としてその柔らかな甘さのなかでつながっている。

「ユースケくんを見つけたよ」というカナの言葉で私は目を丸くする。「ねえマユミ聞いてる?」

「聞いてるわ」と私は言う。

「ユースケくんを見つけたの。ねえマユミ」

「聞いてるって」

「ユースケくんがいたのよ」とカナは声を大きくする。

「そう」と私は言う。

「ちょっとマユミ」とカナは言う。「どうしちゃったわけ？　ねえユースケくんが……」

「分からないのよ」と私は言う。「ユースケくんって誰？」

「マユミ……」とカナは何か言いかけてからごくりと飲み込んで私の背中に自分の胸を強く押しつけそれから手の平で私の頭をくりくりと撫でて「そっか。分からないんだ」と落ち着いた声で話して私は何も言えずに頷くような仕草を見せる――机に突っ伏した状態ではそれは頷きには見えないかも知れないけどカナはそれに反応して「うんうん」と一緒になって頷く。

　涙が私の両目から流れ出してそれは鼻の下や頬を伝ってどんどん流れ出している――でも私は悲しみに追い立てられて困っているわけではない――私は自分がどうして泣いているのか何がどうなっているのか分からないけどただ泣きたくて仕方がないのだ――私は咽ぶこともなく静かに涙を流していてその涙が机を濡らしてゆくのをカナは黙って見守って

いる。どれだけ泣いていても私はセンチメンタルになっているわけではなくてむしろ私の気持ちそれ自体は自分でも不思議なくらい落ち着いていてそれを見守るカナも机の向こう側に突っ伏しているサトコさんもみんなが落ち着いている――私たちは何かにせき立てられているわけでもないし攻撃されているのでもなくてこの現実に――ばらばらで取り留めがなく現実と呼んで良いのかどうかも分からないような不可思議な現実に――自分の身をうまく位置づけようとしているだけでその試みが私たちに涙を流させているだけなのだ――私たちを追いかけてくるあの化け物のことを私たちは怖れてはいるけれどそいつはいつでもどこでも私たちを追いかけてくるのではなく現れたと思ったらすぐに消えてしまう――それはちょうど悪夢のようなものでそれを夢見ているときは恐ろしくて嫌な汗をたくさんかくのだけど目を醒ましてしまえば奇妙なほど心が冷めてくる。悪夢が私たちを怖がらせるのはどうして？　少なくともそれは私たちの脳のなかで起きている出来事であって徹頭徹尾私たち自身の問題であることは間違いない――だからどんな悪夢であってもそれは私のそして私たちの心のありようを何らかの形で反映しているはずだ。

「アヤノはどうしてるかしら？」と私は言う。

「アヤノ？」

カナはそれから黙ってしまって私の背中に抱きついてじっとしている。

「アヤノは死んだのね」と私は言う。

カナは小さく頷いてから「アヤノは死んじゃったと思う」と答える。

「でもアヤノは生きてるわ」と私は言う。

カナは頷く。

「アヤノは生きてると思う」と私は繰り返す。

カナはまた頷く。

「それでいいよね？」と私が言うとカナは私の背中をさらに力強く抱きしめて何度も頷いてカナの涙が私の頬にぽたぽたと落ちてきて私はカナを抱きしめたいと思う——私は上半身を起こしそこに立っているぼろぼろの制服に身を包んだカナをぎゅっと抱きしめる——カナは「ああっ」と小さく声を上げて私にしがみつく。

がおおおおおおおんと巨大な音がすぐ近くで聞こえて建物がごわんごわんごわんと揺れて私たちが窓の外を見るとそこには幾筋もの白い軌跡を残しながら飛行する戦闘機が何機も見えたけれども私は既に恐怖を感じなくなっている——あの戦闘機たちは私たちを攻撃するために空を駆けているのではないと私は思う——きっとそれは私たちを何かから守ろうとしている——いや本当のところは私にも何も分からないしもしかするとあの戦闘機たちが街を破壊に追いやった原因であったのかも知れない——ただ少なくともそれらに街を破

壊しようとする意図があったようには思えない――何かを守るための戦いがその守ろうとしていたものを破壊してしまうことだってあり得る――たとえばいま百万人の命が危険にさらされていて何もしなければ百万人が死んでしまうから何とかしてそれを防ごうとするがその過程で十万人死んでしまうかも知れないし五十万人死んでしまうかも知れないあるいは対応に失敗して百万人かそれ以上の人が死んでしまうかも知れない――こんなときには何がどうなるかなんて誰にも分からないのだ――でもだからと言って何もしないで事態を放置するのが正しいとは私には思えない――たとえ誰一人救えなくても何もせずそうなるのとやれることをやってそうなるのとでは全然意味が違うのだ――もし私たちを守ろうとしたあの戦闘機が実際には何ら私たちを守ることができなくても――そして場合によってはむしろ私たちに相当の被害を与えたとしても――だからと言って何もしなくて良かったということにはならない。少なくともあの戦闘機たちが実際になしたことが何であっても――たとえば私の家をめちゃくちゃに破壊してしまった直接の原因がそれらなのであったとしても――それを憎むことは私にはできない。コックピットで操縦桿《そうじゅうかん》を握っている人たちは文字通り命を賭けて何かと戦っている――それは私たちを崩壊に追いやる何かだ。その人たちの命によって何かが救われる可能性があるならば――その可能性が限りなくゼロに近かったとしても――その人たちが賭けた命を私たちが敬わなかったならばパイロットたちの死闘はどうなってしまうというの？　そしてパイロットたちが自分たちの命それから私たちの命をも危険にさらして戦わなければならなくなった原因があるのだとすればその原因はきっと私たち自身のなかにある――だから私たちはその危険から目を逸《そ》らしてはいけない――たとえその危険に対して何ひとつ有効な行動を起こせなかったとしても。あるいはそんなことを考えられるのは私がただ幸運にもこうして生き延びているからなのかも知れない。実際に何人もの人間が残酷にも命を奪われてしまっているのに私がこんなことを考えることはおこがましいかも知れないそれでも――いやむしろそうだからこそこれは私自身の問題なんだ。

私は事務所の窓に駆け寄ってその戦闘機たちの姿をじっと眺める――直進し――下降し――上昇し――それから急旋回《せんかい》し――銃撃を行い――急降下し――また旋回し――銃撃し――上昇する――その動きは間違いなく戦闘中のものだ――そしてそれらの戦闘機の銃撃は一様にある方向に向けられていることが分かる――その方向には何も見えない――彼らは空中のある部分に向けて銃撃を行うがそこにあるのはただの虚無でありその向こうにはずんぐりとした灰色の雲があるだけだ――オレンジ色の銃撃はびゅんびゅんびゅんびゅんびゅんとその雲へと吸い込まれてゆくが戦闘機は銃撃を止めることがない――だだだだだだだ――急降下――旋回――上昇――ばらばらららららら――旋回――下降――旋回

――上昇――直進――どだだだだだ――やがてそのうちの一機のコックピットのあたりからもくもくもくもくと黒い煙が上がり始めひゅうるるるるるるると高い音と一緒に渋谷の街へと落ちてゆきどーんと音がして地表で爆発がある――撃墜された？――炎と煙と舞い上がる瓦礫が目の前に居並ぶビルのすき間から見える。

「大きい」と声がして振り向くとサトコさんがすぐ後ろにいる。「すごく大きいわね……あの……何て言うのかしら……大きな飛行機が」

「どれですか？」

「ほらあの辺り」と言ってサトコさんが指し示す方向を見るがやはりそこには何もなくぽっかりと虚無だけがある。

「見えません。どれですか？」

「ほらあそこに大きな飛行機が……ジャンボジェットみたいな」

私は首をかしげてその虚空を見つめる。たしかに戦闘機たちはそこへ向けて銃撃を行おうと試みているように思える。私はサトコさんの顔を見てその瞳に何が映っているのかを確かめようとする――サトコさんの瞳には黒くて大きなものが映っているような気がするけれどそれはサトコさんの瞳孔そのものかも知れない。

「あっ」とサトコさんが声を上げたので窓の外に再び目をやると別の戦闘機と思われる何

かが空中でぼわああああんと爆発している。黒ずんだ鉄くずへと化してゆく戦闘機の手前に私は私自身の姿を見る——事務所の大きな窓に映る私は泥だらけになって茫然《ぼうぜん》と立ち尽くしている——私の横には誰もいなくてその私は一人ぼっちでこの破壊の営みを見上げている——でも私は一人ではないんだと私は思う。私がもし一人ぼっちになってしまうことがあってもそれは私がたまたま置かれた状況が——私が偶然に辿りついてしまった世界の在り方が——私が一人ぼっちであるかのように立ち現れているだけのことで本当は私は無数の私や私以外の人々と見えないあみだくじの線でつながっているはずだ——それは証明することなんてできないけれど私はそう思う——そう信じる——それは事実でなくても真実でなくても信仰であればいい。

「モトコ!」と窓の外を見つめているサトコさんはいきなり叫んだかと思うとくるりと振り向いて事務所の入口へと猛ダッシュする。

「サトコさん」と声をかける私も慌ててサトコさんの後ろを追いかけようとする。

「マユミちゃんはここにいて」

「どうして?」

「モトコが襲われてるのよ」

「私も」

「ダメ！」と振り返りざまに強く言うサトコさんの気迫に負けて私は一瞬立ち止まってしまう。でも私はサトコさんを一人で行かせるわけにはいかない。これはサトコさんとモトコだけの問題ではなくて私の問題でもあるのだ。ばあぁんと扉をはね飛ばして外に出て行くサトコさんを追いかけて私も事務所の外に出る。

そのとき地面が大きく揺れる。

16

その大きな揺れはどんどんどどどどんどんどどどどどどどどんとリズミカルに続いていて私は巨大な爆弾が続けざまに落とされているのではないかと地面にへばりついたまま考える——前方ではサトコさんが左右によろめきながらたどたどしい足取りで前へ進んでいる——私は何とか立ち上がると「サトコさん！」と大声で叫ぶがサトコさんは何かに取り憑かれたようにずんずんと着実に遠ざかってゆく。裸足の私は足の裏に激痛を感じて立ち上がってすぐまたその場に倒れ込んでしまう——私の左足には靴下が包帯のように巻かれていていてそこから血が滲みだしていてそのとき私は昨日マンションから出てきたときにガラスの欠片を踏んでしまったことを思い出す——どうしてこんなときに限ってこうなるの？——私は立ち上がろうと何度も試みるがその度にどたっどたっとくずおれてしまい灰だか何だか分からない粉をばふっと顔面に浴びてしまう。

でもいまここでサトコさんと離ればなれになるわけにはいかない——サトコさんと離ればなれになってしまったら私はいったいどうしたらいいの？——サトコさんを失ったら私はもはや私ですらないのだ——それはサトコさんが個人的に好きだとかそういうことではなくてもっともっと深い問題であってきっとサトコさんそれ自体ですら本当の意味では問題ではないような気さえする——私にはもう色々なことの訳が分からないし疲れていてお腹が減っていてまともに物事を考えることができなくなっているかも知れないけれどこれだけは分かる——私はいまここでサトコさんと離ればなれになるわけにはいかない。問題はサトコさんがいれば安心するからとか一人だと心細いとか寂しいとかそういうことですらない。モトコの名前を呼びながら遠ざかるサトコさんはひょっとしたらまた私のところに——食糧と助け合える人間がいる場所に——戻ってくるかも知れない——その可能性は決して低くはないしだから私は無用な心配をする必要はないのかも知れない。それでも。いまここで私がサトコさんのような存在をみすみすどこかに行かせてしまうことだけは何としてでも避けなくてはいけない。これは利害得失とか蓋然性《がいぜんせい》とかの問題ではなくて私自身の——私たちの——存在に関わることなんだ。

私は力を振り絞って立ち上がり足を引きずりながらゆっくりと歩き始める——もうサトコさんと私のあいだにはずいぶんと距離ができてしまったし怪我をしていないサトコさん

は少なくとも私よりも速く歩くことができるに違いない——それでも私はサトコさんを追いかけ続ける。そうするしかない。

「サトコさん！サトコさん！」

私はあらん限りの声を張り上げるけどサトコさんは振り返らない。爆撃のような音は続いていていて——それが私の叫び声をかき消してしまうのだ——大地は相変わらず震え続けていて私もサトコさんもふらふらと不安定なままで歩き続けている——灰と埃で悪くなった視界の向こうを見通そうと私は目を凝らす——サトコさんの向こうには誰の姿もない——モトコもいないしあの化け物もいない——でもきっとサトコさんには何かが見えているはずだ——自分に見えないものであっても他の人に見えているものがあるということを私は知っているしそもそも人はいつでもそれぞれ微妙に食い違った別の世界に住んでいるものなのだ。

もう一度大きな振動があって左右に立ち並ぶ建物がぐらぐらと揺れているのが見えぱしゃーんがりゃーんと盛大な音と共にあちこちの建物の窓ガラスが盛大にはじけ飛ぶのを察知した私は咄嗟に両腕で頭を守るような格好になって落ちてくるガラス片が目に入らないようにする——その格好のまま私は前方にかろうじて見えるサトコさんに追いつこうとさらに力を振り絞る——足の裏はずきずきしていて生暖かく濡れている感覚があるけれども

私は歯を食いしばって次の一歩を踏み出す——ぱらぱらぱらぱらしゃらしゃらしゃらしゃらとダイヤモンドダストみたいに舞い降りてくるガラスの欠片《かけら》たちには色々な人の姿が——お母さんやカナやアヤノやモトコや私自身やそれ以外のどこかで見たことのある無数の人々の姿が——映ったり消えたりして私は無数のガラスの断片とそこに映し出される無数の世界の無数の在りようにに包まれながらサトコさんを追いかけている。腕や脚や背中を落ちてくるガラスたちが殴り引っ掻き切り裂いてしまうけれども私はそんなことには構わない——再び大きな揺れに見舞われて前のめりに転んだ私は降り積もるガラス片のなかに突っ込んでしまう——必死で目を閉じて顔を両腕で守るが腕に突き刺さるガラスは私のシャツや皮膚や血管や神経や筋肉を容赦なく切断し私はぐわあああああと声を上げる——でも実際にはその声は私の耳には届かず私は私の胸から喉にかけてのあたりに反響する叫び声の原型のようなものをかすかに察知しているに過ぎない。地面に転がった私は仰向けになり首を動かして血まみれになった両腕と細かいガラス片がいくつも突き刺さっている両脚を見る——腕も脚も痛みのあまり動かすことができず私は大の字になったまま地面に張り付いている——もう大きなガラス片は落ちてこないけれども細かい破片がぽたぽたと落ちてくるのが分かるので私は目を閉じる——後頭部のあたりにはがりがりと瓦礫やらガラスやらがぶつかって痛いし背中にも破片が刺さっているし足の裏は左も右も傷ついてぐちゃぐちゃになってしまっている――サトコさんは大丈夫だろうか？――「サトコさん！」と私は叫ぶが実際には叫んでいないかも知れない――私はその場でサトコさんの名前を何度も何度も呼んだような気がしたがそれは実際に音声となって私の声帯から発せられたのかそれとも単に心のなかで祈るように呼びかけていただけなのかは分からない。何とか起き上がらないと――でも私の体は動かない――でも私の体はまだ動く――無数の世界に引き裂かれた私は血まみれになってこのまま出血多量で死んでしまうのかも知れない私をそのままにしてまだ動ける私の体でサトコさんを最後まで追いかけようとする――腕に力を入れて――上半身を起こして――両脚を踏ん張ってこの地面に立ち上がろう――遥か遠くにはまだかすかにサトコさんの姿が見えるような気がする――それを失わないためならばまだ私は次の一歩を踏み出せる気がする――ひょっとしたら私はもう死んでいるのかも知れない――でもまだ生きているうちにあそこまで歩こう――私は最初の一歩をゆっくりと踏みしめる――足の裏に突き刺さる瓦礫がもたらす苦痛に顔を歪めながらまた次の一歩を――私は動けない――私は震える大地に張り付いたまま――さあ次の一歩を――そうしてサトコさんの後ろ姿をこの腕に抱き留めるまで――私はもうダメだ――私はまだ大丈夫――サトコさん！――激しい揺れであちこちの建物が崩壊し始めている――上空を戦闘機が――一機また一機――もう一歩進んでまた次の一歩を――私は大地に張り付いている

――何とか歩けそうだ――私は――がくんと膝から力が抜けて転んでしまう――でもまだ立ち上がれる――私もここまでなのだろう――そのとき誰かがふっと私を抱え上げる――私にはもう何も見えない――それでもこの暗闇の先には私の先を行く誰かがいる――そうであるとすれば私はその誰かを追い続けようと思う――私は私を抱え上げてくれる誰かと一緒に暗闇のなかを歩き続けている――私にはもう何も聞こえない――ただ揺れ動く感覚だけがある――それでも私は前に進み続けている――私は大地に張り付いたまま前に進み続けている――いくつもの私があっていくつもの誰かがいる――私はこの世界を信じる――私は誰かに抱えられながら誰かを追いかけ前へ前へと進み続ける――絶え間なく灰が降りそそぐこのガラスの谷の一本道を――。

今村友紀
IMAMURA TOMOKI
★
一九八六年生まれ。秋田県出身。現在、東京大学大学院に在籍。
二〇一一年、本作で第四八回文藝賞を受賞する。

初出／『文藝』二〇一一年冬号

クリスタル・ヴァリーに降《ふ》りそそぐ灰《はい》

★

二〇一一年一一月二〇日 初版印刷
二〇一一年一一月三〇日 初版発行

著者★今村友紀
装幀★坂野公一＋吉田友美（welle design）
発行者★小野寺優
発行所★株式会社河出書房新社
東京都渋谷区千駄ヶ谷二-三二-二
電話★〇三-三四〇四-一二〇一［営業］〇三-三四〇四-八六一一［編集］
http://www.kawade.co.jp/
組版★KAWADE DTP WORKS
印刷★大日本印刷株式会社
製本★小高製本工業株式会社
Printed in Japan
落丁本・乱丁本はお取り替えいたします。

ISBN978-4-309-02076-1

河出書房新社
山崎ナオコーラの本

YAMAZAKI NAO-COLA

人のセックスを笑うな

19歳のオレと39歳のユリ。恋とも愛ともつかぬいとしさが、オレを駆り立てた――せつなさ百パーセントの恋愛小説。第41回文藝賞受賞作。（河出文庫）

ニキの屈辱

人気写真家ニキのアシスタントになったオレ。１歳下の傲慢な彼女に、心ひかれたオレは、公私ともに振り回されて……。第145回芥川賞候補作。

河出書房新社
文藝賞の
単行本

KAWADE SHOBO

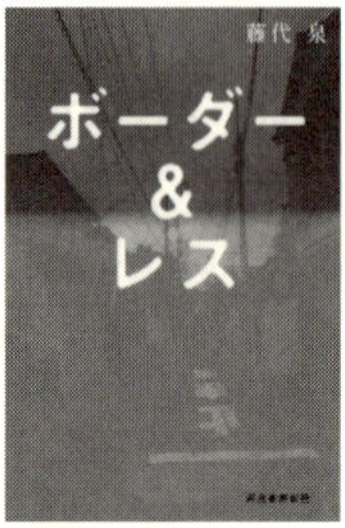

犬はいつも足元にいて
大森兄弟

中学生の僕と犬が、茂みの奥で見つけた、“肉”の正体とは？　日本文学史上初！の兄弟ユニットによる第46回文藝賞受賞作／第142回芥川賞候補作。

ボーダー&レス
藤代泉

この世界はどこにだって見えない溝がある。新入社員の「僕」と在日コリアンのソンウの友情を描いた第46回文藝賞受賞作／第142回芥川賞候補作。